KB024382

서서히
서서히
그러나
반드시

서서히
서서히
그러나
반드시

—

김민준
글

청춘, 그건 비밀스러운 거야.
대부분은 미처 알지 못한 채로 지나치고 만단다.
부디, 그 순간에 무엇보다 진실하기를.
의연한 눈빛으로 함부로 아름다운 영혼이기를.

차례_____

작가의 말

　　인연이라는 말, 존재와 확률 사이에 놓인 그 당위는
실로 소중한 것이지요. 겹겹이 쌓인 누군가의 이야기를 차분
히 읽어주신 그대들에게 깊은 감사의 말을 전합니다.

　　―서서히 서서히 그러나 반드시.

　　오늘도 가슴속에 그 한마디를 품고 살아갑니다. 언제나 두
려움이란 것은 조금씩 과장되어 있는 법이지요. 그러니, 마음
속 여윈 자리에 그 한마디를 새겨놓고서 오롯이 가야 할 길로
걸을 뿐입니다. 때로는 상실의 늪에 빠질지도 모르고 정처 없
는 허무 속에서 나아갈 방향을 잃을지도 모릅니다. 이따금씩
찾아오는 알 수 없는 고뇌와 깊어가는 외로움들은 한사코 나
를 서운하게 하겠지만, 삶이 우리를 자꾸만 방황하도록 하는
이유는 마땅히 내가 있어야 할 곳을 알려주기 위함은 아닐까

하는 생각이 듭니다.

　누군가는 넘어지는 것으로 비탄의 한숨을 쏟고 누군가는 넘어지는 것으로 다시 일어서는 방법을 배웁니다. 사실 인생이란 경험담은 내게 무엇이 일어났는가 하는 만큼이나 그것에 어떤 태도를 지녔는가 하는 것이 더 중요하게 다가오는 법이지요. 어쩌면 희망이란 것은 어둠 속에 숨겨진 생의 고결한 비밀은 아닐까요. 며칠 전, 소중한 인연과 차를 한잔 마시며 그런 대화를 나누었습니다.

　—누구에게나 인생의 2막은 열린다.

　부디, 이 책이 여러분 인생의 새로운 장을 여는 데 소소한 보탬이 되었으면 하고 바랍니다.
　서서히 서서히 그러나 반드시, 그곳에 닿기를.

자정의
생각들

어김없이 오늘도 혼자만의 밤은 찾아온다.

자정이 되면 육체는 잦아들고 감정이 가득 차오른다. 오늘 있었던 몇몇 사사로운 사건들에 대해 생각하거나 아주 오래 전의 것이지만 아직도 제대로 그 뜻을 헤아리지 못하는 것들에 대해서 떠올린다. 기쁨, 슬픔, 사랑과 증오, 그 모든 것들은 파도처럼 밀려들어와 마음속에 깊은 파문을 만들어낸다. 자정의 생각들, 숱한 고민들, 이해할 수 없는 누군가의 말과, 경험하지 못한 대안의 삶이 문득 궁금해지는 시각, 어찌 되었든 우리는 머물러 있지 못하고 어딘가로 흘러가는 존재라고. 하여 오늘도 시곗바늘은 포개어진다. 멀리 삶의 언저리에 미루어두었던 나를 만나는 시간. 그때가 되면 나는 오롯이 혼자가 된다. 잠들기 전 찬물로 벅벅 세수를 하고 침대에 몸을 누인다. 천장이 그리 높지만은 않다. '우리'는 어디로 흘러가는 것일까. 내가 버텨온 무수한 삶의 근거들이, 앞으로 나아가기 위한 수많은 영혼의 원동력들이 답 대신, 물음이 되어 되돌아온다.

오늘도 짙은 자정의 생각들.

감정을 뒤척이며 어두운 밤을 헤매고 있을 당신에게

여간 하염없는 달빛처럼 스며들고 싶어라.

그들
각자의 바다

　　사람에게는 저마다의 바다가 있고 사람에게는 저마다의 파도가 있기 마련이지. 우리는 한낱 사람이라서 일렁였고 고작 사람이기 때문에 글썽일 수밖에는 없었던 거야. 우리는 서로 모든 이들에게 타인이기 때문에 내리는 비에 옷깃을 적셔야 했으며 그마저도 사람이기 때문에 그 빗속을 외로이 걸을 수밖에는 없었던 거야.

　　무릇, 모든 별들도 시간의 흐름에 따라 조금씩 변해가기 마련이거늘, 하물며 시간의 연장선에서 사람이라는 존재가 할 수 있는 일은 기껏 해봐야 남들처럼 사는 일이거나 남들처럼 살지 않는 일에 지나지 않아.

　　모든 사람을 이해하는 일은 각자의 내면을 외면하는 일과도 같아서 결국 우리는 모든 이들에게 타인일 수밖에는 없기 때문에, 비록 언어를 만들고 입맞춤을 나누었음에도 끝내 서로를 이해하지 못한 채로 시간을 이탈하고야 마는 거지.

　애석하게도 인생이라는 건, 누군가를 이해하기에 턱없이 짧은 순간일 뿐이야. 심지어는 나조차 스스로를 깨닫지 못한 채 태어나지도 못하고 시들어가는 거지. 가끔은 파도가 내 마음 같아. 숨이 막힐 듯 휘몰아치다가 언제 그랬냐는 듯 잔잔할 뿐이야.

사람에게는 저마다의 바다가 있고 사람에게는 저마다의 파도가 있기 마련이지. 우리는 한낱 사람이라서 일렁였고 고작 사람이기 때문에 글썽일 수밖에는 없었던 거야.

화양연화 花樣年華

　　당신을 원하는 내가 미워요. 그렇다고 당신을 가질 수 있는 것도 아니잖아요. 그럼에도 당신을 놓지 못하는 이유는 이토록 확실한 감정이 어쩌면 내 인생에 마지막은 아닐까 해서 그런 거겠죠. 당신이 처음이자 마지막이라면 어쩌죠? 인생에서 가장 소중한 것은 아마도 가질 수 없는 것인가 봐요. 당신을 사랑했어요. 실은 언제부터인지 어디서부터였는지 잘 모르겠어요. 그냥 언제인가부터 그렇게 되어버린 거 있죠. 달리 다른 방법은 없기 때문에 바라만 봐요. 매일 당신을 잊어버리는 연습을 하곤 해요. 아직은 서툴지만, 조금씩 더 나아질 거라고 생각해요. 언젠가는 이 순간도 다 추억이 될까요. 나로서는 희미하기만 해요. 다른 곳을 바라보면서 마음은 같은 곳에 있기를 바라는 일은 참 덧없고 서글픈 모양이에요. 다 괜찮아지는 날이 올까요? 그날은 저기 창문 틈 너머로 보이는 어두운 풍경 같아요. 희미하고 희미해요.

추억으로 남기려거든 반드시 한걸음 물러설 것,

°그 시절은 지나갔고 이제 거기에 남아 있는 것은 아무것도 없어요.

그렇게 말해야만 하겠죠. 그렇게 믿어봐야만 하겠죠.

인생에서 가장 소중한 것은 아무래도 영영 가질 수가 없는 건가 봐요.

좀처럼 인정하고 싶지 않아요.

°영화 '화양연화'.

그 순간에

청춘이 누구에게나 한번쯤 찾아오는 당연한 경험담 같은 거라고 생각하니. 그렇다면 너는 스스로에게 지나치게 너그럽구나. 그것을 영영 경험하지도 못하고 생을 마감하는 사람들도 부지기수이거늘, 너에게 청춘이란 그저 젊은 시절 어디쯤이었니. 평생을 다 바쳐도 그것이 무엇인지 깨닫지 못하는 사람들도 있단다. 그건 당연한 경험이라기보단, 유일한 경험이지. 일생에 한 번 올까 말까 하는 기적과도 같은 행복이란다. 청춘, 그건 비밀스러운 거야. 대부분은 미처 알지 못한 채로 지나치고 만단다. 부디, 그 순간에 무엇보다 진실하기를. 의연한 눈빛으로 함부로 아름다운 영혼이기를.

사랑은

　　사랑은 한 마디를 전해주기 위해 굳이 걷지 않아도
될 길을 걷는 것. 사랑은 그 한 마디를 느끼게 해주기 위해 굳이
마주치지 않아도 될 고통을 나누는 일. 사랑은 그때 그 한 마디
로 인해 근거 없는 행동에 과감히 믿음을 허락하는 것. 사랑은
같음을 강요하는 것이 아니라 충분히 다름을 인정하는 것. 사
랑은 길들이는 것이 아니라 자연스레 닮아가는 것. 사랑은 그
로 인해 포기하는 것이 아니라, 우리를 위해 배려하는 것. 사랑
은 귀를 기울여주는 것. 사랑은 상대의 외로움과 무관하지 않
는 것. 사랑은 곧이곧대로 해석하지 않고 이해하고자 노력하는
것. 사랑이란 짧은 순간에 피어나 지지 않을 여운이 되는 것.

사랑 그 후에
찾아오는
알 수 없는 이름의 공허

　　　2013년 가을, 태어나 처음으로 첫눈에 사랑에 빠진
사람을 만났다. 그리하여 나는 속으로 간절히 내게 다가오길
바랐고, 공교롭게도 정말 그녀가 내 옆자리에 앉았던 것이다.
나는 그 사람이 있는 방향으로 고개를 돌릴 수가 없었다. 눈이
마주칠까 봐. 실은, 내 마음을 들킬까 두려웠던 거겠지. 그 순간
은 마치 물속에 있는 기분이었다. 모든 소리들이 길을 잃고 오
직 나와 그 사람의 호흡만이 묘하게 울려 퍼질 뿐이었다.

　　며칠 뒤, 책을 읽을 겸 카페에 갔는데 거기에 그 사람이 있
었다. 나는 그냥 믿고 싶었다. 그때에는 분명 운명이라고 믿어
의심치 않았던 모양이다. 햇살의 그림자가 하늘하늘 흔들리는
어느 평범한 가을날. 창가에 앉은 그녀가 눈부시게 빛나고 있
었다.
　　우리는 아낌없이 사랑을 나눴고 그로부터 3년 뒤, 봄이 얼마
남지 않은 늦은 겨울날 헤어졌다. 그 사람은 조용히 버스에 올

랐고 나는 멀어져가는 그 모습을 바라보고 서 있을 뿐이었다. 잘 참았다고 생각했는데, 옷깃에 홀연히 눈송이 하나가 떨어지자 나는 그만 하염없이 눈물을 쏟아내고 말았다. 이름 없는 거리 위에서, 떠나간 그 모습을 바라보며 나는 울었다. 사랑, 그 후에 찾아오는 알 수 없는 이름의 공허. 무엇이 우리를 사랑에 빠지게 했고 무엇이 우리로 하여금 그 사랑에 마침표를 찍게 하였나. 여전히 °나는 그 사람이 아프다. 앞으로도 얼마간은, 어쩌면 살아가면서 가끔씩은 그 아픔 속에서 길을 헤매고 정처 없이 떠도는 내가 원망스럽기도 할 테지.

자정이면 감정의 기울기가 제멋대로 바뀌더니, 계절이 봄에 가까워질수록 감정의 곡선은 나로서는 어찌할 수 없을 만큼 큰 폭으로 변해갔다. 처음에는 미안함을 느끼다가 조금씩 그 사람을 원망했다. 그리곤 이내 담담해졌다가, 결국엔 다른 사람을 만나려 시도를 해보기도 했지만 번번이 실패하고야 말았다. 차츰차츰 마음에 남아 있는 이 알 수 없는 이름의 공허함은 조금씩 딱딱하게 굳더니 내게 남아있는 사랑이란 감정이 모조리 그 속에 갇혀버린 것만 같았다.

짧은 치마를 입은 여자를 봐도 눈길이 가지 않고, 지나치게 예쁜 여자가 내게 관심을 표현해도 시큰둥할 뿐이었다. 그러니까, 마음에 어떠한 동요도 일어나지 않게 된 어느 순간부터 나는 두려워진 것이다. 내 사랑이 이렇게 바닥나버린 것은 아닌가 하고. 나의 감정이 현실과 이상 사이에서 처절하게 방황하며 겪은 애틋한 삶의 시간들, 그것들이 부디 무의미한 아픔은 아니길 바랄 뿐이다. 돌아보니, 흰 눈이 내린 거리만큼이나 가슴이 먹먹해진다. 소복이 쌓인 눈 사이로 누군가의 인기척이 일정하지 않게 흩어져 있다. 이 길의 끝에는 무엇이 있을까.

  사랑, 그 뒤에 남겨진 마침표를 하염없이 바라보다가 나는 그것에 대해 쓰기로 했다. 쓰리고 아프지만 두 눈으로 직접 확인하고 싶은 그것에 대해서.

°롤랑 바르트, '사랑의 단상'.

이해
해줘

　　당신을 만나면서 내가 원하는 것이 딱 하나 있었다
면 그것은 나를 이해해주길 바랐다는 건데, 실은 그게 가장 어
려운 일이었던 거야. 어쩌면 너무 큰 부담을 상대에게 강요하
고 있었던 건지도.

　어쩌면 우리는 서로를 이해했던 것이 아니라, 이해하지 못하
는 감각이 무뎌질 만큼 서로를 아끼고 있었던 거야. 감정이 부
딪힐 때마다 서로를 찌르는 말과 행동들에 익숙해져 보려 갖은
노력을 다했던 거지. 맞아, 어쩌면 그건 미련한 짓이지만 사랑
한다는 말과 미련하다는 말은 지극히 주관적이거든. 늦었지만
미안해. 너에게 나를 이해해주기를 바랐던 시간에 대하여, 나
에게 너를 이해하도록 강요했던 순간에 대하여. 너무 아팠지만
도저히 가슴에서 꺼낼 수가 없는 삶의 일부가 된 당신. 늦었지
만 미안해. 나를 이해해달라고 해서 미안해.

헤어진
다음 날

그녀와 헤어지고 난 다음 날, 온라인 계정에 있는 우리 사진을 하나씩 지우는데 그 순간에 내가 몹시도 싫어졌다. 사랑한 날의 우리들은 무엇보다 진실했고 이별이 찾아오더라도 그 사실에 달라지는 것은 없는데 왜 남들의 시선을 이렇게나 신경 써야만 하지. 사람들의 위로가 몹시 날카롭게 느껴졌다. 그냥 속으로만 생각해달라고 소리치고 싶었다.

무엇보다도 위로는 받아들이는 대상이 불편하지 않아야 하지 않을까. 그때부터 시작된 불면증은 여름이 오기 전까지 계속됐다. 사람들이 우리에 대해 아무런 말을 하지 않을 즈음이 되니까. 그제야 잠은 좀 잘 수가 있었다. 우리에 대해서 아무 말도 안 해주니까 그제야 좀 괜찮아질 수가 있었다. 온전히 혼자서 그 사람을 그리워할 수 있는 여유를 찾게 되기까지는 많은 고통과 시간이 필요했다.

내 감정은 한 순간에 성층권에서 자유낙하 하는 듯이 아래로 떨어지다가 어느 순간에는 아무렇지 않았다. 배도 고프고, 심심하고 무료하기 짝이 없는 시간들이었다. 나는 앨범이나 사진, 과거의 어떤 기록들을 다시 차근차근 되돌려 보는 것으로 하루를 보냈다. 글을 처음으로 쓴 것은 고등학교 2학년 때였는데 대학교 마지막 학년이 되니 운 좋게도 작가로 데뷔할 수 있었다. 졸업을 한 이후로는 출판사에서 책 만드는 일을 했다. 운이 좋아 작가가 될 수 있었다는 말은, 내가 표현할 수 있는 최대한의 겸손한 말이다. 정확하게 말하면 정말로 최선을 다했는데도 안 되더니 거기에 운까지 좋아야만 겨우 작가가 될 수 있었다는 뜻이다.

나는 작가이면서, 한 회사의 직원이었고, 누군가의 사랑하는 연인이었다. 어쩌다 보니, 그렇게 되었다. 그런데 나를 설명하는 표현들 속에서 정작 있는 그대로의 나는 언제인가부터 사라져버리고 만 것이다. 내 삶에 '나'라는 필수적인 요소가 지나치게 과소평가되고 있었다. 그래서일까. 삶이 조금씩 따분해지기 시작하더니 작은 이유로도 몹시 불안해졌다. 극도의 예민함 속에서 짧은 순간에도 수많은 생각들이 나를 할퀴고 지나갔다. 지금 내가 하고 있는 일이 내게 맞는 걸까. 이게 내가 가야 할

길이 맞는 걸까. 나는 어딘가 기댈 곳이 필요했다. 그러기 위해
선 다 그만두어야겠다는 생각이 들었다.

　해서 회사를 그만두고, 작업 중이던 소설의 이야기도 그렇게
멈춰버렸다. 단순히 일을 그만뒀다기보다는 내 인생이, 걸음을
멈추고 우두커니 서버렸다는 느낌. 아무리 안간힘을 써도 당최
꿈쩍도 않는 삶이라는 거대한 벽이 나를 가로막고 있었다. 언
제부터인지는 모르겠지만 나를 잃어버린 것이다.

영원한
햇살

　　최선을 다해 너를 지우는 것이 서로를 위한 가장 좋
은 길이라고 생각했어. 그렇지만 실은 속으로 바라고 있었던
모양이야. 우리는 그 영화를 좋아했잖아. 그렇게 기억을 지워
가면서 이렇게 말하고 싶었던 거야.

　─나를 기억해줘. 최선을 다해. 할 수 있을 거야.

　여전히 새벽이면 그 작은 속삭임들이 나를 깨우곤 해. 나는
작게 몸을 움츠리고 기도해야만 했어.

　─제발 이 기억만은 남겨주세요.

　너 없이는 아무것도 기억나지 않을 순간이 내게는 곧 청춘이
니까.

　사랑이 세상의 영원한 햇살이라고 믿었지만 결국에 아니었
던 모양이야. 그건 조금 다른 거라고 생각해. 사랑은 지나치게
어두운 거야. 주변을 온통 아득하게 해서는 오직, 서로만을 음
미하도록 하는 거였어. 당신을 만나서 나는 꿈을 이루었고 당

신과 이별하고 나는 대단히 만족스러운 작품을 써버리고 말았
어. 나는 좋은 글을 쓰고 싶었고 세상에 너라는 사람보다 아름
다운 비유는 없었던 거야. 나는 충동적인 사람이 아닌데, 너는
늘 나를 움직이게 했었지. 작렬하는 불꽃의 입맞춤처럼 우리는
뜨겁고 진실했어. 정말이지 고마웠어.

나는 좋은 글을 쓰고 싶었고 세상에 너라는 사람보다 아름다운 비유는 없었던 거야. 나는 충동적인 사람이 아닌데, 너는 늘 나를 움직이게 했었지.

상실의
끝

상실감을 인정하는 과정은 언제나 애달프다. 무언가와 작별인사를 할 때, 우리는 그 순간이 그리워질 거란 사실을 이미 알고 있으면서도 불구하고 헤어지는 것을 막을 수가 없다. 사랑할 때 무엇도 그 둘 사이의 믿음을 갈라놓을 수 없었던 것처럼 사랑이 끝날 때 어떤 방법으로도 그 거리를 차마 극복해 낼 수가 없다. 깊은 상실의 늪에서, 이별이란 길고 어두운 터널 속에서, 우리는 쉽게 소외되고 상처받는다. 그 권태를 이겨내기 위해서 억지로 스스로의 상처를 외면하려 애쓴다. 허나 진정한 치유란 상처를 보이지 않게 가리는 것이 아니라 그것이 의미하는 만큼 충분히 아파하는 것이 아닐까.

─슬프게도 그녀가 죽었는데 괴롭거나 속상하지도 않아요.

장 마크 발레 감독의 영화 '데몰리션'은 그런 상실감에서 오는 깨달음을 바탕으로 사랑을 이해하고자 한다. 갑작스런 아내의 죽음 앞에서 아무런 눈물을 흘리지 않고 어떠한 감정의 동요도 없는 남편, 그는 아내를 사랑했던 것일까. 그들의 사랑은 어디서부터 균형을 잃었던 걸까. 아내는 죽기 전에 줄곧 말해왔었다. 냉장고에서 물이 새는 것 같다고 어딘가 고장이 난 것 같다고. 그러나 남편은 시큰둥하기만 하다. 남편 데이비스의 표정에서 소설 '이방인'의 뫼르소를 보았다. 눈물을 참는 것이 아니라, 눈물을 흘려야 할 이유가 부재한 상태. 어쩌면 그것은 상실감보다 더 큰 슬픔이다.

―무언가를 고치려면 전부 분해한 다음 중요한 게 뭔지 알아내야 돼.

아내가 죽기 전에 그의 삶은 권태로웠고 아내가 죽은 뒤로는 완전히 멈춰버렸다. 주인공의 냉소적인 상태는 고장 난 자판기에 대한 분풀이로 조금씩 생기를 찾아가는데, 떠오르는 내면의 느낌들을 가둬두지 않고 분출하는 것을 통해서 서서히 그의 내면에는 작은 움직임들이 생겨난다. 해서 그는 닥치는 대로 분해하고 재조립한다. 사물은 물론 자신의 내면까지 말이다. 그리곤 그간 보지 못했던 실은 보려고 하지 않았던 작은 메시지 하나를 발견하고야 만다.

—바쁜 척 그만하고 나 좀 고쳐줘요.

냉장고 속에 붙여진 작은 쪽지 속에 '나'는 누구를 뜻하는 것
일까. 남자는 자신의 감정을 낱낱이 해부해가며 숨겨져 있던
진심과 그간 외면해오던 사랑에 직면하게 된다. 결국에 아내가
간절히 원했던 것은 냉장고를 손보는 행위 따위가 아니라 그녀
에 대한 한 남자의 따뜻한 손길이었음을. 일찍이 고장 난 냉장
고 속에서 뒤늦게 발견된 줄리아의 메모는 처음으로 데이비드
를 울게 만든다.

지독한 상실의 끝에서 다시 사랑할 용기를 찾는 것, 진정한
그리움은 그런 것이다. 무너진 자아를 외면하지 않고 그로 인
해 다시 일어서는 방법을 배우는 것, 언제나 그랬듯이 상실과
그리움의 경계에서 우리의 삶은 깊어진다. 그리워진다.

지독한 상실의 끝에서 다시 사랑할 용기를 찾는 것,

진정한 그리움은 그런 것이다.

분위기

우리 사이에 있는 묘한 기류를 사랑한다.

그것은 아주 잠깐이지만 동시에 영원한 것이다.

허나 나는 사랑한다고 말하기 이전에

조금 더 무르익을 것이다.

어떤 말 한 마디보다 깊은 울림이 있는 여기 이곳에

말하지 않고 느낌으로 더듬어보는

경험해본 적 없는 개운함 속에서

서서히, 서서히, 그러나 반드시.

너에게 닿을 것이다.

질문이
비처럼 쏟아지는
밤

오늘 밤은 질문이 비처럼 쏟아져 내립니다. 어두운
방안에서 홀로 젖어가는 중이지만 무엇으로도 그 비를 가릴 수
는 없습니다. 가끔은 궁금합니다. 사랑하는 일이 어려울까. 사
랑하지 않는 일이 어려울까. 답이 무엇이든 살아가는 데 있어
그 두 가지는 매우 중요한 일인 듯해서, 그래서 가끔은 그리울
때가 있습니다. 아니, 실은 부러운 마음이 든다고나 할까요.

사랑하는 일이 사랑하지 않는 일보다 쉬웠을 때, 사랑하지
않는 일이 사랑하는 일보다 조금은 덜 어려웠던 그날이. 대개
는 끝이 난 이후에 부질없다는 생각이 들었습니다만, 오늘 밤은
도무지 답을 찾을 수가 없습니다. 어찌하여 그날의 나는 그렇
게 뜨거울 수가 있었는지. 식어버린 기억에서는 여운이 비처럼
쏟아져 내립니다.

대안의
삶

문득, 그때 지금의 삶이 아닌 다른 삶으로 걸음을 옮겼다면 나는 어디에 있을지 생각해본다. 갑자기 운동을 그만두고 글을 쓴다고 했던 철없는 10대 소년은 당최 무슨 용기로 그런 선택을 했던 걸까. 그때 운동을 계속했더라면 오늘 나는 전혀 다른 삶을 살고 있지는 않을까. 옳다고 믿는 선택이라 할지라도 후회가 없는 것은 아니다. 무릇 모든 선택에 있어 후회가 남지 않을 수 없고 현실에 있어 가장 위험한 고집은 바로 '완벽'이라는 욕심일 테니까.

그때 내가 그 말을 하지 않고 다른 말을 했더라면 혹시, 결과는 바뀔 수 있지 않았을까. 이별을 조금 더디게 오도록 했을 수도 있고 그것이 우리를 비켜가게 했을지도 모른다. 그때 내가 사랑에 집중하지 않고 일에 전념했다면 오늘의 삶이 조금은 더 풍족해졌을까. 그 사람을 사랑하지 않았다면 그렇게 아픈 이별을 겪을 이유도 없었을 텐데. 아버지의 말처럼 공학 대학에 가서 기술을 배웠다면 나는 지금 어떻게 생각하고 어떤 방식으로 삶을 살고 있을까. 분명 지금의 나와는 많이 다르겠지.

생각해보면 지금까지의 삶은 매 순간이 선택의 연속이었다. 꿈을 저울질해야 했고 숱하게 많은 밤이 소란스러운 고민들로 일렁였다. 누군가의 조언이 선택의 중요한 요소로 작용했던 때도 있었고 누가 뭐라고 하든 오직 나만을 위해 내린 결정들도 있었다. 그 수많은 선택과 결정들은 마냥 일관성이 있는 것도 아니었고 오로지 확률에 의지한 것도 아니었다. 때로는 어떤 결정도 내릴 수가 없어 삶을 방관하여 먼 길을 돌아간 적도 있었다. 허나, 과정이야 어찌됐든 그 책임은 나의 몫으로 돌아왔다. 후회해도 받아들여야만 하는 것, 현실은 꽤나 명료하다.

따지고 보면 아마, 그때의 나에게는 그럴 만한 이유가 있지 않았을까. 대안의 삶이 아닌, 오늘날까지 이렇게 살아온 데에는 분명 그 순간에 그럴 수밖에 없었던 이유가 있었을 것이다. 지난 선택을 되돌릴 가장 현명한 방법은 새롭게 시작하거나, 그때의 결정을 믿어보는 일뿐이다. 그렇다 할지라도 우리는 또 후회하고 되돌아보고 만약에 만약에 하면서 대안의 삶을 더듬어보겠지.

다만, 인생이란 것이 언제나 맑고 옳을 수는 없으니까. 후회라는 건 어렵지만 어쩌면 당연한 일인지도 모른다.

사실 그 사람을 사랑하지 않았다면 그렇게 아파하면서 슬픈 이별을 겪을 이유도 없었겠지. 그럼에도 불구하고 사랑한 날의 찬란함을, 그날의 눈빛을 추억할 수 있다는 것이 얼마나 소중한 일이던가. 다시 선택의 순간이 찾아온다 할지라도, 아마 같은 결정을 내리게 될 거다. 그때에는 그럴 만한 이유가 있었으니까. 그날로 돌아간다 해도 나는 기꺼이 사랑하고 아낌없이 상처받을 것이다. 최선이라는 단어에, 대안은 없으니까. 어떤 결정을 내리든 선택에 있어 완벽한 상황이란 있을 수 없다. 조금이라도 후회가 덜 남을 결정을 내리고 그것을 택한 그날의 나를 존중해줄 뿐이다.

그날로 돌아간다 해도 나는 기꺼이 사랑하고 아낌없이 상처받을 것이다. 최선이라는 단어에, 대안은 없으니까.

간절함

간절함은 때로 사람을 구차하게 만든다.

대체로 절실함이 자존감을 해치는 근거로

작용하는 것처럼.

최선이란, 나를 바짝 숙이고 들어가는 것은 아니다.

그것은 간절하면서 동시에 당당한 것이다.

기대하게 되고
기대게 되고

아직 작가로 데뷔하기 전, 서울에 독립출판물 서점이 많아 봐야 한두 곳 있을 즈음이었다. 처음 내가 쓴 글을 책으로 엮어 서점에 입고신청을 하러 갔다. 경복궁 역 근처에 있던 그 조그만 서점을 한참 동안이나 둘러보는 척하다, 겨우 입을 열었다.

―저기, 책을 좀 입고하려고 하는데요.

그냥 아르바이트생이었는지 주인이었는지는 잘 모르겠지만 서점 종업원이 입고는 일정 기준을 통과해야 함으로 작업물을 남기고 가면 이메일로 결과를 알려준다고 했다. 나는 얇고 조그마한 내 생애 첫 책을 수줍게 건넸는데 그 사람은 그것을 빠르게 한번 스르륵 넘겨보고는 해맑게 웃는 것이 아닌가. 환한 미소다. 그것은 좋은 징조다. 학교 기숙사로 돌아오는 길에 나는 속으로 생각했다. '내 책이 마음에 드나 봐.'

며칠 뒤에 이메일이 왔고 나는 내용을 읽고는 놀라움을 금치 못했다. "책 속의 내용이 잘 이해가 되지 않네요. 시인지 산문인지도 잘 모르겠고, 정확한 컨셉이 있는 것도 아니네요. 아무래도 이 책은 입고하기 힘들 것 같습니다."

'아니, 그런걸 보고 산문시라고 하는 건데. 당신이 문학에 대해 뭘 알아, 그럴 거면 그렇게 웃어주지 말지. 괜히 기대만 잔뜩 시켜놓고, 시에 대해서 당신이 뭘 안다고!' 모니터를 보면서 한참을 혼자 중얼거렸다. 어찌 보면 구차할 정도로. 기대한 것은 나고 그러니까 실망하는 것도 전적으로 나의 몫이다. 지극히 단순한 이치인데 서운한 감정이 들 때면 늘상 누군가를 탓하려고만 한다. 왜냐하면 그동안 나는 너무 많은 기대와 실망을 겪었으니까. 그것이 정말로 다 내 탓이라면 내 삶이 너무 가여워지잖아.

혼자서 조금씩 남 탓을 한다고 해서, 내가 되게 못되고 나쁜 사람은 아닐 거야 하고 나를 달랜다. 속으론 나도 당연히 알고 있다. 그 사람 잘못이 아닌 거. 아마 내가 어른스럽지 못하기 때문인지도. 기대는 더 큰 이상을 낳고 그 이상에 기대고 있는 나를 기다리는 것은 언제나 실망이라는 덫이었다. 혹시 어른스러워지는 건, 크게 실망하지 않게 되는 것이 아닐까. '아, 또 안 됐네. 내가 그럼 그렇지.' 실패를 너무 당연하게 받아들이게 되는 것이 어른은 아닐까. 왜냐하면 지금껏 그래왔으니까.

어른이 되면서 조금씩 남 탓이 아닌, 내 탓을 하게 된다.
몸은 이렇게 커버렸는데 자존감은 조금씩 작아져 간다.

잃어버린
시간들 1

하루는 내가 작은 점으로 사라져버릴 것 같다는 두
려움에 휩싸였다. 식은땀으로 온몸이 젖어서 할 수 있는 것이
라고는 겨우 조심스레 숨을 쉬는 것 밖에는 없었다. 이러한 경
험이 지금까지 내게 없었던 것은 아닌데, 그날처럼 심각했던 것
은 처음이었던 것 같다. 나의 경우에는 외상 후 스트레스 장애
로 불리는 것이 조금 더 명확할 것이다. 어린 시절 겪었던 큰 수
술에 기인한 것으로 보이지만 정확한 불안의 원인을 알지는 못
했다. 아마 자신의 감정을 지나치게 끄집어내려고 하는 행위에
대한 스스로의 반발일 수도 있다.

지난겨울에 이미 끝났어야 할 소설 원고가 5월까지 미루어
진 데에는 그럴 만한 이유가 있었는데 안정제에 의존하는 동안
은 좀처럼 글에 집중할 수가 없었기 때문이다. 마음이 수면 아
래로 내려앉는 기분, 그곳에 어떤 동요나 반응이 희미하게 수그
러드는 듯한 느낌이 들어 도저히 쓰고자 하는 것을 쓸 수 없었

다. 그저 흰 여백을 하염없이 바라보는 것이 그날의 내가 할 수 있는 전부였다.

증상이 갑자기 심해진 것은 자꾸만 내가 감정의 벽을 허물고 내 안의 것을 표현하려 했기 때문이라는 말을 들었다. 그러니까, 작가가 된 이후로부터 내 안의 있는 것을 자꾸만 낱낱이 드러내고자 하는 과정에서 그간 잠잠해져 있던 어떤 외로움이 짙게 드리운 거겠지. 그 과정에서 나는 많은 것들을 잃었다. 사랑하는 이에게 나의 상태를 설명해야만 했다. 현재의 내 감정이 평범하지 않으니까, 우리가 예전처럼 순수한 사랑을 나누는 일은 어쩌면 지나친 욕심인지도 모르겠다고. 서로에게 아픈 기억이 되진 않을까 두려운 마음이 든다고.

그녀는 울고, 나는 그 앞에 우두커니 서 있을 뿐이었다. 버스는 왔고 눈물을 흘리는 그녀가 갔다. 그제야 나는 울었다. 다니던 회사를 그만두고, 집 안에 있던 전구를 모조리 다 빼버렸다. 그 시기는 내게 잃어버린 시간처럼 느껴진다. 글을 올리는 온라인 계정에서 독자들이 내 이별에 대해 수군대는 모습을 보다가, 어떤 한마디가 가슴을 쿡 찌른다.

'지금껏 말해왔던 사랑은 다 거짓이었나요.'

결과만 보고 말하는 사람들, 우리가 겪은 문제에 관해선 아무런 관심도 없으면서 헤어지고 말았다는 끝맺음만 놓고 사랑에 옳고 그름을 논하는 사람들. 하루에도 몇 번씩 점으로 사라져버릴 것 같은 두려움에 휩싸이다가 어떤 날은 그냥 그 아픔마저 그러려니 하게 된 시점이 찾아오기도 했다. 처음엔, 이런 나를 한 번 더 잡아주지 않은 그 사람이 밉다가 나중에는 차라리 다행이라고 가슴을 쓸어 넘겼다. 지금 내 모습을 보면 그 사람은 얼마나 많은 눈물을 흘려야만 했을까 하고. 그러니 그저 잘된 거라고 나를 위로했다.

방황하던 시절에 문학은 흔들리는 나를 잡아주는 구원이었다. 그러나 오늘날, 그것이 다시금 내 삶을 흔드는 계기가 될 줄은 미처 몰랐다. 나는 왜 이토록 흔들리고 있는지 무엇을 그렇게 두려워하고 있는지 답을 알 수 없는 고민에 서성이는 동안 나의 봄은 잦아들었다. 어쩌면 내 삶에 사랑은 모조리 시들어버리진 않았을까 하는 걱정 속에서 종이에 뜻 모를 무언가를 끄적이는 일만이 할 수 있는 최선이었다. 어쩌면 나는 그 사람을 사랑하는 동안, 누군가를 위한답시고 글을 쓰는 동안, 점점 나

를 잃어가고 있었던 것은 아닐까. 누군가의 일부가 되어 내 욕
망의 주인이 되지 못한 채로 타인의 감정을 내 것으로 오인하고
있었던 것은 아닐까.

봄날의 꽃들이 만개한 시점에 나의 권태도 절정에 달하였다.
그러던 때에, 내게 우편 하나가 날아왔다. 보낸 이와 받는 이를
번갈아 바라보았는데 같은 사람이었다. 이건 또 무슨 일인가.

방황하던 시절에 문학은 흔들리는 나를 잡아주는 구원이었다. 그러나 오늘날, 그것이 다시금 내 삶을 흔드는 계기가 될 줄은 미처 몰랐다. 어쩌면 나는 그 사람을 사랑하는 동안, 누군가를 위한답시고 글을 쓰는 동안, 점점 나를 잃어가고 있었던 것은 아닐까.

끝

여느 날과 다름없는 아침이다. 오전 10시, 미용실이 문을 여는 시각에 일찌감치 머리를 자르고 헬스장에서 지난밤에 있었던 벅찬 생각들을 내려놓는 연습을 한다. 무거운 아령을 몇 차례 들었다 내려놓으면 호흡이 조금씩 가빠져오는데, 몸에 적당한 열이 차올랐다 싶으면 벤치 프레스를 든다. 조금씩 무게를 올려가면서 밀어내지 못한 어떤 것들을 밀어내는 상상을 한다. 그러다 보면 어느새 머릿속에는 아무런 생각이 없게 되는데, 아마 그 시간이 내가 하루 중 유일하게 복잡한 사고를 하지 않는 순간일 것이다. 나는 그 순간을 참 좋아한다. 홀가분하다는 느낌마저 생략될 정도로 단출해진다.

정해진 운동을 행한 뒤에는 러닝머신 위를 달린다. 달리고 있는 순간에는 마음이 조금 가볍다. 숨을 가슴 깊이 들이 마시고 다시 한번 온전히 비워내고 나면 내가 헤아리지 못했던 것들로부터 벗어나는 기분이 든다. 보통은 3킬로미터를 달리고, 기분이 좋으면 조금 더 달릴지도 모른다. 운동을 끝내면 집으로 돌아오는 길에 500원짜리 캔 커피를 마신다. 어렸을 적엔 학교를 마치고 나면 꼭 비디오 가게에 들러서 그날의 기분에 따라 영화 한 편과 사이다 한 병을 가지고 집으로 돌아왔었다. 우연히 무슨 내용인지도 모른 채 빌려온 °포레스트 검프를 보면서 어린 나는 태어나 처음으로 꿈을 꾼 기억이 있다.

달리고 싶었다. 움푹 파인 내 가슴, 숨이 가빠 속 시원하게 달려본 적 없는 시간들, 나는 그 답답함을 영화 속 주인공을 동경하는 것으로 해소하곤 했었다. 어린 검프가 자신의 다리를 둘러싸고 있던 철제 보형물로부터 벗어나 스스로의 걸음으로 세상을 향해 달리기 시작했을 때, 나는 난생처음으로 꿈을 가지게 된 것이다. 늘 내 신체능력은 의지가 채 꺾이기도 전에 고갈되고 말았는데, 체력이 아닌 의지가 수그러들 때까지 달려보는 것이 나의 소원이었다.

오늘날, 이렇게 마음껏 달릴 수 있는 것만으로 나는 꿈을 이룬 것인데 그 간절했던 꿈이 살다 보니 당연한 것이 되어버렸다. 쓸쓸한 웃음을 지으면서 남아 있는 커피를 삼키는데 두 뺨 위로 차가운 직선 몇 개가 쏟아졌다. 비 냄새가 났다. 세상이 온통 젖어가는 순간, 허공에 드리우는 그리움의 향기를 가로지르며 나는 뛰어야만 했다. 그냥 본능적으로 직선들을 피하기 위해 냅다 뛰었다. 그럼에도 자연스럽게 비와 마주할 수밖에는 없었지만. 어쩌면 삶은 그런 게 아닐까. 갑자기 만난 소나기에 무작정 어디론가 뛰어보는 격렬한 몸짓 같은 것. 동시에 언제 내릴지 모르는 소나기 때문에 너무 많은 걱정을 껴안고 살아갈 이유도 없는 것 같다는 생각이 들었다. 결국엔 그냥, 잠시 젖어 있을 뿐이다. 몸이 젖어들자 기억 속의 대사가 내 안으로 스며든다.

—과거는 뒤에 남겨 둬야 앞으로 나아갈 수 있다고 했는데 어쩌면 그래서 달린 것 같아요.

모든 시간들을 껴안고 있으면 정작 오늘을 잃어버린다. 어제와 오늘, 그리고 내일 사이에서 우리가 해야 할 일은 적당히 걱정하고 적당히 계획하고 그 밖의 모든 힘으로 오늘을 사는 것이 아닐까. 떨어지는 직선에 수직으로 힘껏 뛰었다. 빗방울이 내게 닿아 부서지는 점들을 모으면 최선을 다해 그 순간에 살았음을 증명할 수 있을 것만 같았다. 최선이란 이유로 많은 것들은 과거에 남겨진다. 허나 그것은 수치스러운 일이 아니다. 과거

는 우리가 가질 수 있는 몇 안 되는 가능성이기 때문이다. 오늘
은 그것의 실현이고 미래는 다가올 또 다른 과거의 그림자일 뿐
이다. 시간은 우리를 가만히 내버려두지 않는다. 움직이게 한
다. 혹은 젖어들게 한다. 그것은 어찌됐든 끝나지 않았음을 말
하고 있는 것이다. 어쩌면 잠시 젖어 있는 것뿐이다. 모든 것은
지나간다.

°영화 '포레스트 검프'.

시간은 우리를 가만히 내버려두지 않는다. 움직이게 한다. 혹은 젖어들게 한다. 그것은 어찌됐든 끝나지 않았음을 말하고 있는 것이다. 어쩌면 잠시 젖어 있는 것뿐이다. 모든 것은 지나간다.

첫

처음부터 혼자라면

외로움은 존재하지도 않았을 것이다.

그러나 안타까운 것은

누구도 처음부터 혼자인 사람 또한 없다는 것이다.

사람이 태어나 처음 행하는 일은 우는 일.

그 속엔 여러모로 많은 의미가 담겨져 있다.

확률

　　가장 두려운 것은 내 감정을 믿지 못하게 되는 것이죠. 웃어도 웃는 것이 아니고, 울어도 우는 일이 아닐 때, 더는 내가 취하는 행동들이 내 안의 감정을 대변하지 못할 때, 그때가 되면 우리는 방황하고 의심하게 되는 거예요. 우리는 서로가 전부라고 믿었지만 어찌됐든 혼자가 되고 말았잖아요. 이제 무슨 수로 내 감정을 믿어야 하죠? 실은 감정이라는 건 불확실한 확률 같은 것은 아니었을까요.

엄마의
편지

오랜만에 마산에 있는 고향집에 가서 엄마에게 말했다.

—엄마 나 회사 그만둘 거야.

엄마는 아무 말을 하지 않았는데, 그 아무런 반응도 없음이 내가 가장 우려했던 일이었다. 식탁 위로 엄마가 차려준 반찬이 하나둘 올려질 때마다 그녀와 나 사이에는 묘한 기류가 흘렀다. 대학교 마지막 학기는 학교에 가지 않았다. 마침 출판사에서 책의 기획과 홍보를 담당하는 자리가 있는데 일해볼 생각이 있냐는 지인의 권유로 덜컥 일을 시작해버렸기 때문이었다.

결국 얼마 가지 못해 정체성에 혼란이 왔다. 글을 쓰는 일과 책을 만드는 일은 엄연히 차이가 있었기 때문이다. 조금 더 현실적인 부분들을 고려해야 하고, 내 기준에서 좋은 책과 시장에서 통하는 책은 달랐기 때문에 업무를 할 때 자꾸만 갈등이 찾아오곤 했다. 그리고 그 모든 혼란 속에서 나는 조금씩 수동적인 존재로 변해갔다. 내 옆자리에 앉았던 영업부 차장님은 목소리가 특히나 작았는데 입 모양을 통해 겨우 그 뜻을 짐작해보는 것이 전부일 정도였다. 제대로 알아듣지 못하니 실수를 하고, 실수를 하니 그나마 하던 일에도 흥미를 점차 잃어갔다. 그래서 하루는 용기를 내어 사내 메신저를 통해 차장님께 말했다.

—차장님 제가 축구를 하다가 왼쪽 귀를 다친 적이 있어서요. 귀가 잘 안 들려요. 자리에 앉아 계실 때는 여기 메신저를 통해 이야기해주시면 보다 원활한 업무를 할 수 있을 것 같습니다.

차장님은 나를 한번 슥, 쳐다보더니 짧게 네 하고 답장을 보내왔다. 그 밖에도 많은 것들에 회의감이 느껴져서 회사를 가는 일이 점차 지치고 힘겨워졌다. 아침 출근길, 적성에 맞지 않는 업무, 현실에 지나치게 갇혀 있는 듯한 하루들이 쌓여갈수록 나는 그저 어딘가의 작은 부속품일 뿐이라는 생각이 강하게 들었다. 해서 이미 그만둬야겠다는 결정을 내렸고, 나는 엄마에게 그 사실을 말했는데 때마침 그녀는 아무 말도 없이 밥상만 차려주고 홀연히 어딘가로 가버린 것이다.

며칠 냉랭한 관계가 이어졌고 나는 다시 서울로 돌아왔다. 곧이어 회사를 그만뒀고 그간 쓰지 못했던 글을 쓰기 위해서 또 심리적 불안함을 견뎌내기 위해서 홀로 방안에 틀어박혀서 한동안은 밖으로 잘 나가지 않았다. 갑작스럽게 여유를 맞이한 나는 그것을 어떻게 사용해야 할지를 몰라서 방황했었는데, 때마침 예정에 없던 택배가 와서 열어보았더니 엄마가 보낸 것이었다. 갖은 생필품 속에서 스프링 노트를 한 장 찢어 쓴 편지가 가장 먼저 눈에 띄었다.

민준아 보렴,

그렇게 보내놓고 엄마도 많이 울었단다. 얼마나 마음이 허전했을까 얼마나 아려왔을까 한쪽 심장은 자식을 편히 쉬게 해주지 못해서 원하는 대로 살게 해주지 못해서 화가 나고 또 한쪽 가슴은 아들의 이기심에 매정함에 속이 상했단다. 이런저런 내가 미워 우울한 나날을 보내오다 집으로 날아온 우리 아들의 대학 졸업식 통

지서를 보고 글을 몇 자 적어 보낸다.

평일이지만 가볼까 말까 고민을 하다 오히려 가족들이 다 가는 것에 부담을 느낄까 이곳에 축하하는 마음만 보내기로 했단다. 행여나 가족이 너에게 짐이 되어서는 안 되니까. 친구들이랑 맛있는 것도 먹고 좋은 시간을 보냈으면 한다. 회사를 관두고 원고에만 매달리다 보면 어떤 면에선 마음이 더 조급하여 실수가 잦아질 수도 있을 거야. 빠듯함 속에서 미래를 만들어가는 것보다야 차라리 이 기회에 여유를 가지고 넉넉한 글을 썼으면 하는 마음을 가져본다. 기회가 주어진다면 몇 년은 더 사회생활을 하다가 글을 썼으면 하는 바람도 있구나.

아들아 항상 너에게 최선을 다해 배려해주지 못해서 너무 가슴이 아프구나. 엄마의 마음 한 구석엔 늘 그런 아픔이 있단다. 엄마는 열심히 최선을 다해 살아왔지만 인생이 내 마음대로 계산대로 계획한 대로 되는 경우는 많지 않더구나. 선택이 잘못되어 먼 길을 빙빙 돌아왔고 세상사 참 뜻대로 되지 않아 술에 취해보기도 했단다. 그로 인해 우리 아들이 많이 힘든 날도 있었을 것 같아 죄책감도 함께 차오르는구나.

그렇지만 너희들 인생은 잘 풀릴 거야. 너의 인생은 노력이 꼭 결실로 이어지는 삶이기를 바란다. 아들 올라가기 전에 오만 원권 지폐 신권 두 장을 준비해두었는데, 전해주지 못해서 그냥 계좌로 보내게 되었단다. 사랑한다, 나의 아들아. 서울과 마산은 생각보다 멀구나. 문자로라도 자주자주 사진 보내주렴. 엄마가.

엄마의 편지를 가슴팍에 끌어안고 참았던 눈물을 터뜨렸을 때 내 안에 공허함으로 이루어져 있던 많은 공간에도 때마침 비가 내렸다. 좋은 자식이 되고 싶다는 바람은 간절한데, 어찌하여 늘 무뚝뚝한 아들 퉁명스런 자식으로 살아왔던 걸까. 이번 원고만 마무리하면 오랜만에 엄마 옆에서 잠을 청해야만 하겠다. 될 수만 있다면 엄마 냄새를 향수로 만들고 싶다는 생각을 했다. 그것은 내가 기억하는 가장 오래된 향이기 때문이다.

그렇지만 너희들 인생은 잘 풀릴 거야. 너의 인생은 노력이 꼭 결실로 이어지는 삶이기를 바란다.

엄마의
꿈

가슴이 답답하여 잠을 채 이루지 못한 새벽에
무언가를 찾다가 그것이 어디에 있는지를 몰라서
심지어는 그것이 무엇인지도 까마득해서

아마 엄마는 알고 있겠지 하고
안방 문을 열었던 것이다.
그곳에서 나는 난처했다.
하는 수 없이 스며들어온 빛을 다독이며 조용히
내 방으로 돌아와야만 했다.

잔뜩 웅크린 채로 꿈을 꾸는 엄마의 모습이
자그마치 쉼표 같았기 때문이다.

그럼
안녕

　　운명적인 만남이라 하면 떠오르는 인상이 어림잡아 몇 가지는 있는데 운명적인 이별이라 하면 구체적인 모습이 떠오르지가 않는다. 만약에 운명적인 사랑에 끝은 없다면 어쩌지? 나는 덜컥 두려워졌다. 혹시 사랑은 끝나지 않을 영원한 그리움은 아닐까.

　　올봄에 미친 듯한 권태로움을 이겨내기 위해 나는 그동안 시간이 없다는 핑계로 읽지 못했던 책들을 몰아서 읽었다. 그중에서도 고맙게도 내게 생각할 여지를 주게 했던 것은 고전 문학들이었다. 생각할 여지를 주어서 고맙다고 했던 이유는, 한참 동안 생각에 잠겨 있으면 하루가 금방 지나가기 때문이다. 그때의 나에게는 봄날의 환한 햇살만큼 슬픈 여운도 없었다. 어두컴컴해 질 시간이 되면 그나마 버텨볼 만은 했다.

　　하루는 괴테가 스물다섯에 썼던 '젊은 베르테르의 슬픔'을 읽다가 가슴에 구멍이 나버린 느낌을 받았다. 지독하게 사랑한다면 스스로 파멸한다 해도 괜찮은 걸까. 나도 한때는 그렇게 사랑했었다. 그것이 사랑이라고 굳게 믿고 있었다. 베르테르가 스스로 목숨을 끊었을 때 그의 호주머니 속에는 사랑하는 로테가 선물한 리본이 들어 있었다. 그녀와 그를 이어주는 끝나지 않을 운명의 굴레.

누군가를 사랑하는 일이 스스로를 상처 주는 일이 될 때 그것은 과연 운명 같은 사랑이라 할 수 있을까. 베르테르는 자정을 알리는 종소리와 함께 세상과의 영원한 작별을 알렸다. "로테여, 그럼 안녕." 불행인지 다행인지 운명은 늘, 사랑을 매듭지어놓는다. 결코 그것을 풀지 못하게 하여, 영원히 그 속에서 길을 잃도록 만들어버린다. 사랑, 어쩌면 그것은 스스로가 자청한 가여운 구속에 지나지 않을지도.

약속

―그래요 우리, 헤어져요.

―미안해.

―대신에 내일 다시 만나요.

―…….

―세상에 영원한 것은 없다면서요. 그건 이별에 대해서도
마찬가지 아닌가요. 영원한 사랑이 없는 것처럼, 영원한 작별
도 없다고 말해줘요. 좋아요. 우리, 헤어져요. 대신에 꼭, 다시
만나게 될 거라고 약속해줘요.

**계절에서
기다릴게**

오뉴월에 눈이 내리면 그때는 우리, 사랑한다 말할 수 있을까. 결국에 나는 완연한 봄날이었는데 너는 흩날리는 가을 낙엽이었던 거지. 그러니까 서로에게 마음이 없었다기보다는 각자가 속한 상황이 달랐던 거야. 때로는 지나치고 나서야 깨닫는 것들이 있잖아. 언젠가는 우리에게도 알맞은 시간이 찾아올까. 그때는 우리 미련하게 하고픈 말을 삼키며 돌아서지는 말자. 계절에서 기다릴게.

그냥
좋아만 할걸

가끔씩은 후회를 하기도 한다. '그냥 평범한 직장을 다닐 걸!' 하고. 글을 쓰는 일은 지나치게 자기 스스로를 몰아붙여야 할 경우가 많다. 어떤 직업이든 그것이 가진 힘든 점들이 있겠지만 특히나 글을 업으로 삼는 일은 감정을 있는 그대로 낱낱이 드러내야 하는 때가 많다. 감추고 싶은 속내를 글로서 풀어내어야 하고 숨기고 싶은 기억도 자연스레 표현하게 된다. 남들처럼 정해진 월급날이 있는 것도 아니다. 대부분의 작가들은 가난하게 살고 하루하루를 버틴다는 생각으로 살고 있다.

그럼에도 내가 글을 쓰고 있는 이유는 그것이 나를 존재하게 하는 유일한 원동력이라고 믿기 때문이다. 책 한 권 내고 싶다는 생각으로 글을 쓰지 않았다. 마음의 극심한 불안감을 나는 시를 읽고 쓰는 것으로 버텼다. 어쩌면 운명일 수도 있다.

태어날 때 가슴이 움푹 파인 채로 태어나 남들처럼 속 시원하게 숨을 쉬지 못했다. 조금만 뛰어도 숨이 찼고, 남들과 다른 신체로 인해 늘 구석에서 몸을 웅크리고 있었다. 결국엔 장기를 짓누르는 기형적인 갈비뼈 구조를 더는 버틸 수가 없어서 크고 힘든 수술을 몇 차례 겪어야만 했다. 긴 시간 재활을 통해 중학교에 진학할 때는 남들처럼 뛰는 데 무리가 없고 폐활량도 크게 좋아졌다. 그럼에도 심리적인 부분은 내 안에 그대로 남아 있던 것이다. 나는 닥치는 대로 운동을 해댔다. 중학교 1학년 즈음부터 무에타이를 시작해 약 5년 동안 몸을 단련했고, 그 와중에 볼링선수가 되면 정규수업을 빠질 수 있었기 때문에 중학교 볼링 선수로 약 2년간 활동을 하고, 매주 축구를 하고, 주말마다 수영을 했다.

그럼에도 간간히 가슴이 몹시 답답할 때가 있었다. 내 가슴에 있던 그 움푹 파인 공간으로 내가 사라져버릴 것 같다는 두려움을 느낄 때면 화를 내고 폭력적으로 변하기도 했다. 그것은 갈수록 심해졌는데 결국에 어딘가 기댈 곳이 필요해진 내가 몸일 누인 곳은 시詩라고 하는 언어였다. 고등학교 때 만난 심리상담 선생님은 공교롭게도 문인으로 활동하는 작가였고 그녀가 내게 건넨 작은 시집 한 권이 그날의 나를 존재하게 하는 유일한 희망이 되었다. 시를 쓰거나 시를 읽고 있을 때만큼은 불안하지 않았다. 모든 운동을 그만두고, 고등학교 2학년 겨울에 처음 글을 써서 남들이 다 수능을 준비하는 시기에 나는 전국의 백일장을 돌며 글을 썼다.

나는 지금도 모른다. 작가가 되는 방법 같은 건, 어디에도 정확하게 나와 있지 않다. 신춘문예를 통해서, 혹은 독립출판물을 통해서도 책은 만들 수 있다. 그것으로 돈을 벌 수도 있고 유명세를 가질 수도 있다. 그러나 진정한 작가가 되는 방법은 그런 단순한 일이 아니지 않을까. 쓰는 일이 나를 존재하게 하는 유일한 의미일 때, 그로 인해 글을 읽는 사람들이 삶의 작은 희망을 느낄 수 있을 때, 자신이 쓰는 것과 실제로 살아가는 삶의 태도가 동일시 될 때. 아마도 그때 비로소 작가가 되는 것은 아닐까. 누군가에게 그런 사람이 되고 싶었다. 두고두고 꺼내 읽고픈 아련한 책 한 권이 되고 싶었다.

그런 마음가짐을 가지고 글을 쓰는 일을 직업으로 택했지만 가끔은 퍽 후회할 때가 있다.

그냥 좋아만 할걸. 남들처럼 평범하게 살아갈걸.

정화

    간간히 정화에게 메시지를 보낸다. "그곳은 어떠니?" 그럼 정화는 조금 차가운 말투로 "여전해." 하면서 사진을 보내준다. 그녀는 파리여행 당시 묵었던 숙소 주인아주머니의 딸내미다. 키는 171센티미터 정도에 마른 체형, 경상도 사투리를 쓰는 수줍음 많은 또래 친구. 여행을 할 당시에는 고작 서너 마디 대화를 나눠본 것이 전부였으나, 정작 친해지게 된 것은 여행을 다녀온 다음이었다. 갑갑한 방안에서 글을 쓰다가 가슴이 사무치는 듯, 가여워지면 지난 여행의 기록들을 되돌려본다. 그러한 의미에서 사진이란 매체는 나에게 정말로 고마운 존재다. 순간에 대한 기억을 어렴풋하게나마 보존할 수 있다니 감히 노벨 평화상도 아깝지 않다. 그중에서 나는 정화가 찍은 사진을 좋아한다. 그 속에는 꾸밈없는 그대로의 풍경이 있다.

    그녀와는 보통 영화나 예술에 대해서 이야기를 나누곤 하는데, 미술사를 공부하는 친구답게 대화를 통해서 새로운 영감이

나 시각을 느끼는 경우가 많다. 그럼에도 그녀는 스스로의 특별함을 억지로 내색하지 않는다. 그녀는 그래서 멋지다. 자신의 특별함을 무덤덤하게 받아들이는 태도, 그것은 진짜 멋진 것이다. 어쩌면 그 모습에 이끌려 자연스럽게 친구가 되었던 건지도. 가끔씩 마냥 낭만에 취해서 파리 이곳저곳을 여행하던 그때의 내 모습이 눈에 아른거리면 정화에게 메시지를 보낸다. 그곳은 어떠니?

언젠가 내가 머물렀다 떠난 장소에서 여전히 나를 기억하고 있는 누군가가 있다는 것. 그리움에게 쉽게 상처받는 나로서는 그것만큼 소중한 위로가 없다.

—정화야 오늘, 그곳은 어떠니?
—여전해.

네 멋대로
해라

　　드라마를 별로 좋아하지 않는다. 대개 드라마에서 여주인공은 지나치게 명랑하다 못해 눈치가 없고 실수만 연신 늘어놓기 바쁘다. 거기에 또 재벌 2세 남자는 뭐가 그리 좋은지 그 모습에 홀딱 반해버리고 만다. 나로서는 당최, 이해가 가지 않는다. 그러나 아주 예외적으로 영원히 끝나지 않기를 바랐던 드라마도 있었다. 양동근, 이나영 주연의 '네 멋대로 해라'는 지금도 간간히 다시 보고 싶을 만큼 내게 커다란 의미다. 극본을 쓴 인정옥 작가의 다른 드라마 '아일랜드' 또한 마찬가지다. 심지어 아일랜드에서는 김민준 씨가 주연 배우였다. 그 두 가지 드라마만은 1088부작의 전원일기만큼이나 오랫동안 보고 싶다는 생각을 하곤 했었다.

　　무릇 상처 입은 영혼은 아름답다고 하지 않나. 시한부 고복수와 마음속 깊은 상처가 있던 전경이 서로의 아픔을 통해 각자의 외로움을 다독여주는 장면에서 나는 쉴 새 없이 울었다.

내 습작 노트에 드라마 속 대사를 휘갈겨 내려가며 연신 그것을 읊조려보는 것이 한 때는 내 삶의 몇 안 되는 즐거움이기도 했다. 특히 시한부 인생을 선고 받은 복수를 바라보며 전경이 했던 말은 아직도 잊을 수가 없다.

현실에서 그 대사가 가장 절절히 와 닿았던 것은 회사를 다니고 있던 때였다. 야근 이후에 녹초가 되어 집으로 오는 지하철, 이따금씩 창문으로 지친 내 얼굴이 비췄다 사라졌다를 반복하더니 그 한마디가 예고도 없이 쿡, 내 심장을 찔렀다.

―°복수씨 사는 동안 살고, 죽는 동안 죽어요. 살 때 죽어 있지 말고, 죽을 때 살아 있지 마요.

집으로 돌아온 뒤 혼자서 맥주 한 잔을 마셨다. 아마 그 즈음이 내 인생에서 가장 힘든 시기가 아니었을까. 연애도, 직장도, 작가로서의 자부심도, 나라는 사람에 대한 자존감도 모든 것이 바닥을 치고 있었다. 나는 그 다음날 회사를 그만뒀다. 사는 동안 살고, 죽는 동안 죽으려고. 살아 있을 때 죽어 있지 않고 죽을 때, 이미 죽어 있지 않으려고.

°드라마 '네 멋대로 해라'.

그 한마디가 예고도 없이 쿡, 내 심장을 찔렀다.

— 사는 동안 살고, 죽는 동안 죽어요. 살 때 죽어 있지 말고, 죽을 때 살아 있지 마요.

다음 날 나는 회사를 그만뒀다.

고독을 사랑하지 않는 사람은
자유도 사랑하지 않는 것과 같다

언제인가부터 혼자 있는 것을 선호하게 되었다. 온전히 고독해지기 위해서였다. 많은 사람들과 함께 있을 때 잘 어울리지 못해서일까. 나는 쉽게 소외당한다. 그것은 아마, 어린 시절부터 혼자만의 시간이 많았던 탓도 있겠지만 타인에게 주관을 드러내는 행위가 점차 무의미한 감정의 소모를 동반했기 때문이기도 하다.

나의 고독은 아마도 자의적인 것이다. 굳이 대화에 끼려고 하면 낄 수는 있으나, 구태여 나의 감정을 소모하면서 거기에 동조하고 싶지는 않다. 주변인들과 함께 만나서 나누는 대화의 질이, 그 깊이가 언제인가부터 내게는 터무니없이 거추장스럽게 느껴지는 경우가 많았기 때문이다. 정서적 교감이 없는 이들과의 대화는 얼마나 많은 사람들이 곁에 있든 내게 외로움을 동반한다.

사람들은 흔히 고독과 외로움을 착각하곤 하는데, 그것은 본질적으로 다르다. 고독이란 것은 자유로울 때야 비로소 느낄 수 있는 감정이다. 어딘가에 얽매여 있지 않고 나 스스로에게 의지하여 존재하는 시간을 일컫는다. 무릇 관계에 있어 고독이란 것은 자존감을 지키기 위한 좋은 수단이 된다. 많은 사람들과 함께 있어도 혼자서 고독해질 수 있는 용기는, 불필요한 것들에 무관심할 자유를 선사한다.

　나만의 인생을 온전히 즐기고 싶다면 고독을 견디는 법, 그것과 친숙해지는 방법에 익숙해져야만 할 것이다. 만약 고독을 즐길 수 없다면 누구와 사랑을 해도 외로워지며 누구와 관계를 맺어도 서운해진다. 인생에서 나라는 개체로 존재하는 일은 실로 엄청난 노력을 필요로 하는데, 그중에서도 고독은 가장 필수적이고 본질적인 것으로 작용한다. 번거로운 감정들로 인해 나의 자존감에 찬물을 끼얹지 않기 위해서, 우리 모두는 이 땅에 태어나 스스로 고독해질 자격이 있다. 내게 의미 없는 말들을 과감히 듣지 않을 용기와, 불필요한 대답을 가차 없이 생략할 수 있는 시도는 주변의 소음이 내 안의 독백으로 흘러들어오는 것을 보호해준다.

°고독을 사랑하지 않는 사람은 자유도 사랑하지 않는 것과 같다. 가뜩이나 정처 없이 흘러가는 삶에서 적어도 나만의 중심을 잃어버리지 않기 위해서 우리가 해야 할 일은 내 안의 목소리에 집중하는 일이다. 혼자만의 사색이야 말로, 세상에 존재하는 가장 따뜻한 대화다.

°쇼펜하우어, '삶의 지혜를 위한 아포리즘'.

감각

무언가를 행하지 않음에 후회하고
무언가를 행하였음에 후회한다.
어차피 후회하는 것은 피차 마찬가지인 것을
애매한 것에 태도를 분명히 하는 일만큼
어려운 것이 없다.
예감이 틀렸으면 하고 바라는 만큼
느낌이 정확한 때가 있었던가.
가끔은 논리보다, 감각에 의존하는 길이
더 선명할 때도 있다.

전하지 못한
한마디

가진 건 별로 없는데, 소소하고 시시콜콜한 연애를 하고 싶은데, 사실은 어른이 되어가면서 나도 우리도 그 사람의 내면보다 그 사람이 가진 무언가에 눈길이 가는 것도 사실이야. 그래도 가장 우선시되어야 할 건 진심이잖아.

같이 손잡고 강변을 걸으면서 두런두런 각자가 살아온 이야기들을 건네며 그렇게 가까워져가는 거야. 조금 더 여유 있는 사람이 오늘은 내가 살래 하고 불편하지 않은 배려를 주고받는 거, 그런 걸 느끼고 싶은 거라고. 내가 엄청 비싼 무엇을 사줄수는 없지만 너라는 이유 하나로 꾸밈없이 사랑 받는 기분을 전해주고 싶은 거지.

그렇게 서로 의지하고 조금 더 어른이 되면 결혼을 하고. 대단하진 않아도 진심으로 소소하게. 남들 보다 작은 집이라도 사랑만은 진실하게. 그렇게 여유가 있으면 여유가 있는 대로 힘이 들면 서로에게 조금 기대기도 하면서 적당히 시간을 머금고 물들어가는 거야. 한마디로 말하자면 사랑이지. 사랑을 하고 싶어. 그 말 하려고 불렀어.

잃어버린
시간들 2

    작가로서 극심한 감정기복은 축복일 수도 있겠지만, 어쩌면 한 명의 인간으로 그것은 무엇보다 힘겨운 일이 아닐 수 없다. 그로 인해 수많은 소중한 것들을 흘려보내야 했다. 사랑하는 사람에게 상처를 주는 일이 싫어서 그녀에게 이별을 말해야 하던 밤에도 나는 횡단보도 앞에서 오랜 시간 가만히 멈춰 있어야만 했다. 저기 초록불이 빛나고 있는 와중에도 도저히 걸음을 옮길 수가 없었다. 내가 하나의 작은 점으로 사라져버릴 것만 같다는 생각이 나를 그냥 멍하니 아무것도 할 수 없는 인간으로 만들어 놓은 것만 같았으니까. 며칠이 지나서 헤어진 그녀에게 문자가 왔다.

    —오빠도 많이 힘들겠다. 해줄 수 있는 게 없어서 미안해.

    오늘 밤은 같이 있어달라고 말하고 싶었으나 나는 그냥 답장하지 않았다. 그 사람은 예쁜 것만 보고 삶을 살아갔으면 하는 바람에서, 마음은 가지 말라고 소리치지만 한편으론 당신은 꼭 행복해야만 하기 때문에, 나는 아무 말도 하지 않았다. 내 안에 수많은 내가 하루에도 몇 번씩 그녀를 두고 다투곤 했다.

—오늘은 같이 있어줘.

그 한마디를 꺼내기가 왜 그렇게 힘이 드는 건지. 혹시 그 사람도 같은 생각은 아니었을까. 우리의 밤은 그렇게 저물어갔다. 사람의 감정이 진눈깨비처럼 마냥 덧없이 녹아버린다면 이렇게나 허전한 마음도 조금은 견딜 만진 않을까 해서 눈이 오는 날마다, 옥상으로 올라가 한참을 서 있었다. 그렇게 겨울을 지나 봄이 온 것이다. 봄, 그것은 너무 싫다. 꽃피는 것들은 죄다 지기 마련이니까. 오늘은 늘 비어 있던 우체통에 편지 한 통이 꽂혀 있었다. 보내는 이 김민준, 받는 이도 김민준, 편지는 마산에서 왔는데 봉투를 뜯어보니 엽서 한 장이 들어 있었다. 작년 여름, 유럽여행을 할 때 썼던 엽서가 무려 8개월 만에 집으로 도착했고 여차여차 하여 끝내 서울에 있는 나에게 까지 닿은 것이다. 10일이면 도착한다더니 어떻게 8개월이나 걸렸단 말인가.

앙리 카르티에 브레송의 사진이 담긴 엽서 한 장, 흑백사진이 주는 정교한 느낌은 그 어떤 층위의 단어들보다 깊다. 나는 그것을 가슴에 안고 눈을 질끈 감았다. 그 순간에 느껴지는 확실한 감각, 수많은 계획을 이탈하고 우연함에 기대어 운명이란 단어들로부터 해방된 나를 떠올려보았다. 그 결정적 순간들이 잊고 있던 시간 속을 헤매다 끝내 내게로 왔다. 어쩌면 예견된 우연은 아닐까, 무엇인지 정확히 정의 내릴 순 없지만 어찌됐든 나는 그것을 경험하고 있었다. 엽서 속에 담긴 단출한 문장으로 인해 얼어붙은 내 마음이 서서히 녹아내릴 때, 요란하고 대단하진 않았지만 그 고요함 속에는 헤아릴 수 없는 감정의 입자들이 농밀한 분위기를 연출하고 있었다. 하염없이 눈이 내리는 날처럼 가슴 한 켠이 온통 먹먹했다.

내 인생이 그다지 특별할 것도 없다는 것을 알아차린 시점부터, 실은 두려워했던 것이다. 그것이 마냥 평범할 수도 없다는 사실을. 무엇이 문제인지 알 수 없는 출처 없는 고독 앞에서 나는 보란 듯이 성숙한 인간이 되고 싶었으나 그럴 수록 오히려 내 마음은 몹시 가난하여 위태롭게 흔들리기 일쑤였다. 그럼에도 그런 내게 언제나 한 줌의 희망이 된 것은 그 무엇도 아닌 내가 느낀 감정들이었다. 그 누구의 누구도 아닌 그냥 나, 자기 자신의 의지로 오늘 날의 나는 존재해왔던 것이다. 여기 이곳에 그 증거가 있다. 서툰 글씨로 동경하는 작가의 글을 담아 내게로 보내왔다. 그 언젠가의 내가 오늘 날의 나에게, 마치 이런 날이 올 것을 이미 알고 있었던 듯이.

°인간이란 죽는 것이다.

그러나 반항하면서 죽어야 하겠다.

삶에 대한 절망이 없으면, 삶에 대한 희망도 없다.

그때 나는 비로소 깨닫고야 말았다. 인생에 있어 권태나 공허함 같은 것들은 감정의 오류나 불행의 예고 같은 것이 아니라 행복 그 자체에 함께 내재되어 있는 삶, 본연의 가치라는 것을. 나는 그날 이후로 조금씩 괜찮아져갔다. 두려움 앞에 담대해졌고, 불안 앞에 관대해졌다. 내가 권태를 해소하거나 두려움을 헤아린 것이 아니다. 그냥 그것이 나를 스치고 지나갔다. 언젠가 다시 나를 찾을지도 모르지만 그럼에도 이제는 두렵지 않다. 나는 알고 있기 때문이다. 오늘의 내가 반드시 그 순간의 나에게 충만한 위안이 되어줄 거란 사실을. 나는 결코 감정의 불안을 극복한 것이 아니다. 그것이 제멋대로 머물다 가버렸다. 해결하지 않아도 된다고 잠시 내 안에 머물다 간다고 그렇게 속삭이며 떠나가버렸다.

엄밀하게 말하면 해결된 것은 없다. 그저 경험했을 뿐이다.
곁에 머물렀다가 지나갔을 뿐이다. 내 안의 희망이란 비밀을
숨겨둔 채로.

°알베르 까뮈.

내 인생이 그다지 특별할 것도 없다는 것을 알아차린 시점부터, 실은 두려워했던 것이다. 그것이 마냥 평범할 수도 없다는 사실을. 무엇이 문제인지 알 수 없는 출처 없는 고독 앞에서 나는 보란 듯이 성숙한 인간이 되고 싶었으나 그럴 수록 오히려 내 마음은 몹시 가난하여 위태롭게 흔들리기 일쑤였다.

이유
없이

이유 없이 사랑하고 싶다. 그러니까 대책 없이 그 마음에 흠뻑 젖어들고만 싶다. 자초지종도 모른 채로 경험해본 적이 없던 유일한 순수함으로 녹아들고 싶다. 이를 테면 속수무책으로, 생각할 겨를도 고민의 여지도 없이 내 안의 모든 것을 다하여 있는 힘껏 안아주고 싶다. 그럭저럭 좋아서가 아니라, 도저히 견딜 수가 없을 정도로 사랑하여 나의 모든 것을 빠짐없이 지배당하고 싶다.

불면증

내가 왜 당신을 붙잡지 않는 것인지 알고 계시나요. 내가 정말 많이 힘들 때, 당신마저 내 곁을 떠나갔기 때문입니다. 몸은 좀 어떠냐고 물었을 때, 금방이라도 무너져 내릴 것 같은데 굳이 다 괜찮다고 웃으면서 너스레를 떤 이유를 알고 계신가요. 혹시나 괜한 동정으로 당신이 나를 떠나지 못할까 봐 그럴 수밖에는 없었습니다.

혼자가 된 이후에 제대로 잠을 청한 적이 없습니다. 차가운 새벽을 어쩔 수 없이 혼자 맞이할 때 그동안의 시간이 참 많이 야속하더군요. 시간이 날카롭다는 것을 뼈저리게 느끼고야 말았습니다. 당신은 어디에서 무얼 하고 있을까 궁금하였지만 도움을 청하고 싶었지만 나는 아무런 말을 할 수가 없었습니다. 어쩌면 처음으로 당신에게 기대고 싶었던 건지도 모릅니다. 우울함이라는 건 혼자서 감당하기에는 조금 벅찬 감정이니까요.
처음 당신에게 헤어지잔 말을 했을 때, 확실히 나는 당신이 필요했습니다. 그럼에도 이대로라면 당신이 상처받는 일이 생길까 봐 겁이 나더군요. 지금껏 내 삶은 온통 당신이었을 뿐이었는데, 이제는 그것을 감당하는 일 또한 오롯이 나만의 몫인 거죠.

당신은 내가 정말이지 아파할 때 나를 떠나갔습니다. 그 사실만큼 지금의 나를 초라하게 만드는 것도 없네요. 나는 그저 당신이었으면 했습니다. 비를 가려주는 사람이 아니라, 가끔씩 비에 젖은 나를 위해 서슴없이 빗속으로 뛰어들 수 있는 사람이 꼭 당신이었으면 하고 바랐을 뿐입니다. 당신은 가끔 내 걱정을 하나요. 나는 새벽과 자정 사이에 당신이 참 많이 그립고 아픕니다. 나는 이기적인 사람이었지만 당신을 참 많이 사랑했던 것 같습니다. 앞으로는 무엇을 사랑해야 할까요. 사랑을 할 수 있을까요. 저로서는 자신이 없습니다.

비를 가려주는 사람이 아니라, 가끔씩 비에 젖은 나를 위해 서슴없이 빗속으로 뛰어들 수 있는 사람이 꼭 당신이었으면 하고 바랐을 뿐입니다.

왜

이렇게

됐어요

　—오빠 뭐해요?

　지현이에게 연락이 왔다. 지현이로 말할 것 같으면 몇 해 전, 경복궁 역 근처 서점에서 입고거절을 당한 나의 책을 무려, 돈을 주고 사서 읽었던 첫 독자라고 할 수 있다. 간간히 지현이를 보고 있으면 그때가 떠오른다. 어디 가서 작가라고 말도 못하고 그냥 글 쓰는 걸 좋아하는 사람이라고 스스로를 설명할 뿐이었던 시절의 나.

　—오빠 짬뽕 먹고 있어.

　늦은 새벽까지 영화를 보다 역시나 해가 중천에 떴을 때 즈음 일어나서는 허기진 속을 인스턴트 라면으로 채우고 있었다. 그 무렵의 나는 시간이 중요하지도 않았고 시계란 것을 볼 필요도 없었다. 누굴 만나는 것도 아니고 직장도 그만둔 채로 방안에서 소설을 쓴다는 핑계로 도통 나오지도 않고 있을 때였으니까. 세상과 나를 이어주는 통로는 기껏해야 방 안에 있는 아주 작은 창과 몇 없는 친구들의 안부가 전부였다.

　—오빠 그러지 말고 저랑 전시 보러 가요. 5시까지 D 미술관 앞에서 봐요.

　때마침 보고 싶은 전시가 있었던 터라, 못 이기는 척 준비를 했다. 간만에 밖으로 나온 나에게 3월의 공기는 유난히 쓸쓸하게 느껴졌다. 지하철을 타고 한강진 역까지 갔는데 시간이 빠듯하여 한남동 D 미술관으로 가기 위해 택시를 탔다.

　—기사님, D 미술관으로 가주세요.

　나는 어딘가 이동할 때 창밖을 구경하는 것을 좋아한다. 특히 창을 내리지 않고 세상과 나 사이에 아주 투명한 그 경계를 사이에 두고 있는 상태가 썩, 마음에 든다. 바라볼 수는 있지만 다가설 수는 없는 그런 느낌. 바쁘게 흘러가는 서울 도심의 풍경을 보고 있으면 이상하게도 내 마음은 한 없이 차분해져갔다. 잠시 창밖으로 정신을 놓은 사이, 기본요금이면 갈 수 있을 정도의 거린데, 어느새 미터기의 요금이 말도 안 되는 수치까지 올라가 있었다. 알고 보니 기사 아저씨는 경복궁에 있는 D 미술관으로 나를 데려간 것이 아닌가. 아, 인생 참 짓궂다.

덕분에 나는 한 시간이 넘게 약속을 늦었고 전시입장 시간이 지나 결국, 그녀는 혼자 전시를 관람해야만 했다. 나는 너무 미안한 마음에 반성하는 표정을 짓고 있었더니 지현이가 조심스럽게 내게 한마디를 건넸다. "오빠. 왜 이렇게 됐어요." 바쁘단 핑계로 두 달여 만에 만난 지현이가 내게 건넨 첫 말은 왜 이렇게 됐냐는 거였다. 그러니까 지금 몰골이 왜 이렇게 망가지고 못생겨졌냐는 말임과 동시에 시간 약속을 매우 중요하게 생각하는 내가 무려 한 시간이 넘게 늦었다는 것에 대한 우려였다. 나는 대답 대신에 마구 웃으면서 속으로 생각했다. '그러게, 내가 왜 이렇게 됐지.'

집으로 돌아오는 길 내내, 그 한마디가 내 주변을 맴돌았다. '내가 왜 이렇게 됐지? 어쩌다가 내가 이렇게 되어버린 거지?' 집에 도착하자마자 의욕이 없어 던져놓았던 소설을 다시 쓰기 시작했다. 마냥 이렇게 살기는 싫어서. 그건 그렇고 인생 참 짓궂다.

길 위에서

사실 인생에서는 좋아하는 일을 하는 것보다
싫어하는 일을 하지 않는 것이 더 중요하다.

연애

　—오빠.

　—왜?

　—오빠 내가 어제 있잖아.

　—응, 어제

　—집에서 물컵을 떨어뜨렸는데 그게 하필이면 오빠가 빌려
준 외장하드에 떨어져가지고

　—괜찮아?

　—아니, 그게 고장이 났어. 괜히 내가 영화 본다고 빌려가서
미안. 아끼는 거니까 좀 더 조심했어야 하는데, 어제 하루 종일
고쳐보려고 애써봤는데 안에 있는 거 다 날아갔대. 진짜 미안
해.

　—아니, 그거 말고 너 괜찮냐구.

보통의
날

참 이상한 날이 있다. 새벽부터 날이 어두컴컴한 것이 별다른 일도 없는데 마음에 몽실몽실해지는 날, 이른 잠에서 일어나 커피를 내려놓고 멍하니 하늘을 바라보다 보니, 어느새 커피가 식어버렸다. 애매한 온도의 카페인을 한 모금 삼키는 중에 문자 메시지가 한 통 날아왔는데 언젠가 사랑했던 사람이었다. 나는 한동안 무슨 말을 해야 할지 몰라서 멍하니 휴대폰 화면을 바라볼 뿐이었다. 텍스트 입력란에 커서가 깜빡깜빡, 이따금씩 희미한 기억을 환기시켜줄 때쯤, 비가 쏟아졌다. 공교롭게도 덕분에 나는 울지 않을 수 있었다. 잘 지냈냐 말에, 너와 만나던 시간들이 정말로 꿈은 아니었구나 싶어 다행스럽고 서글펐다.

참 이상한 날, 이른 새벽에 눈을 떠서 다 식어버린 커피 한 잔을 손에 들고 마치 비가 언제 쏟아질지 이미 알고 있었다는 듯이, 때마침 날아온 문자 메시지와 그로 인해 내 안에 젖어들던 수많은 달고 시린 기억들. 사랑은 짧고 잊혀짐은 길다고 하였지. 당신의 부재가 살아가면서 한 번쯤은 더 마주치지 않을까 하는 간절한 그리움이 되었을 때 잊으려고 안간힘을 쓰던 지난 시절들 속에서 나는 많은 것들을 깨닫곤 하였다. 지혜롭게 사랑의 한계를 인정하는 일은 기억을 부둥켜안고 끊임없이 독백에 이르는 과정이었음을. 그 물음의 끝에서 언제나 길을 잃었지만, 잘 지냈냐는 말에 이렇게 몸도 마음도 일시정지 상태가 되는 것을 보니 나에게는 아직도 가야 할 길이 먼 것 같기도 하고.

'이제야 조금 괜찮은 것도 같아. 그래서 더 겁이나. 그날의 우리를 떠올리게 하는 다채로운 흔적들이 나는 두려워.'
그렇게 생각하면서 나는 결국 답장을 보냈다.

—오랜만이야. 잘 지냈어?

여전히 내게는 나의 안녕보다 너의 안부가 중요하니까.

책

책이 되고 싶었다. 처음엔 흰 여백이었다가 조금씩 그 형용할 수 없는 마음으로 나아가보고 싶었다. 시간을 유랑하면서 현실과 이상을 넘실거리면서 누렇게 빛 바래지고 싶었다. 처음엔 경험하지도 못한 무언가를 잃어버리는 일로 한 장을 채웠다. 이후에는 가지지 못한 무언가를 잃어버리는 일로 한 장을 채웠다. 사랑에 빠진 순간에 스르륵, 누군가의 입맞춤을 낱말 삼아 빈 곳을 채워보기도 했고 앞으로도 얼마간은 그 속에 나를 가두어야 할 모양인지도 모른다.

인생이 무엇이라고 말할 용기는 없음에도 그럼에도 인생은 무엇이면 좋겠다 하고 말할 순수함 정도는 남아 있다. 자그마치 나로 태어나서, 하는 수없이 누군가가 되어 살아가는 일이 불현듯 서글플 때도 있었다. 그때마다 마지못해서가 아닌 할 수밖에 없는 운명이기에 그렇다고 글을 쓰는 것으로 나를 달래곤 했다.

그러니까 아끼는 누군가의 한마디처럼 내 안의 질문을 잊지 않고 살아가다 보면 어느새 정답 속에서 열렬히 삶을 살아가고 있을 나를 만날 수 있지는 않을까 하고. 결국에는 방황하지 않고 여행하면 그뿐이 아닐는지. 우연히 마주쳤던 당연하다고 여겨졌던 매 순간 순간이 그토록 찾아 기다리고 헤맸던 결정적 순간이었음을. 그리하여 나라는 존재는 결코 잊혀지지 않을 고결한 문장이 되어간다. 아낌없이 빛 바래간다. 찬란하다.

그리하여 나라는 존재는 결코 잊히지 않을 고결한 문장이 되어 간다. 아낌없이 빛 바래간다. 찬란하다.

차라리
다행스러운
일

차라리 혼자 있을 때 외로운 것은 다행스러운 일이다. 사랑하는 이와 함께여도 가슴이 몹시 허전한 날엔 그 무성한 그리움을 무엇으로 달래야 할지를 몰라, 나는 아지랑이처럼 당장이라도 흩어져버릴 것만 같았으니까. 마음이란 것은 실로 불온하여 늘, 스스로를 투영할 대상을 찾아 헤맨다. 그리하여 요즘은 대개 말을 하지 않는 것이다. 그것이 오늘날 내 심장의 가장 근방에 속한 언어이기 때문이다. 아무 말도 하지 않는 것만큼 정확한 표현은 없다. 그 시간만큼은 외롭지 않다.

달에게
묻는다

긴 밤, 그리고 찾아오는 맥락이 없는 서운함 그 속에서 달에게 물었다. 사람은 평생 동안 제 맘 하나 다 이해하지 못하고 생을 마치고 말 텐데 감히 남을 이해하고자 하는 일이 가능하기나 한 일이냐고.

'타인을 이해하지 못하는 건 본인의 삶을 사랑하지 못해서야. 완전한 이해가 아니라, 이해하고자 하는 그 마음 하나로 이미 서로는 가까워질 충분한 의미를 가지게 되는 셈이지. 완전히 이해했다는 것만큼 무서운 오해도 없어. 다 이해하지 못해도 괜찮아. 모르는 건 의문으로 남겨두는 것이 감정이니까. 쉽사리 성급한 답을 미루어 짐작할 필요는 없는 거야. 안아주고 싶은 그 마음 하나면 헤아릴 수 없는 많은 것들은 오히려 네게 따뜻한 위안이 될 거야.'

다 이해하지 못해도 괜찮아. 그 문장 속에 곤히 잠들고 싶었다. 몸을 약간 웅크리고 조용히 혼자이고 싶었다. 고독하고 싶었다. 나쁜 의미는 아니었다. 태어나 그토록 자유롭다고 느껴본 적은 그날이 처음이었다.

완전히 이해했다는 것만큼 무서운 오해도 없어. 다 이해하지 못해도 괜찮아. 모르는 건 의문으로 남겨두는 것이 감정이니까. 쉽사리 성급한 답을 미루어 짐작할 필요는 없는 거야.

지나친
결말

　너와 보려던 영화의 개봉일이 당장 내일로 다가왔는데 우리의 이야기는 이미 결말을 맞이해버렸지 뭐야. 늘 그렇듯, 같은 이유로 사랑에 빠지고 어김없이 같은 이유로 헤어지곤 했었지. 너를 많이 좋아했어. 몇 번이고 내려야 할 곳을 지나쳐야 할 만큼 너를 좋아했던 거야.

눈치 보지 않는
용기

누구도 완벽하지 않아. 그러니까 그만 억지 부려도 되는 거야. 좀 부족하면 어때. 그래 봐야 남들처럼 사는 일인 거야. 기껏 해봐야 조금 덜, 조금 더일 뿐이야. 아무리 애를 써도 우리는 평범한 사람들이야. 얼마의 돈을 가지고 있든, 얼마나 독특한 삶을 살고 있든 그냥 우리는 때가 되면 배가 고프고 때가 되면 화장실을 가고 때가 되면 외롭고 때가 되면 졸리기도 하는 그런 존재들인 거야. 그냥 평범한 사람들이라구. 그러니까 눈치 보지 말고 그냥 나답게 사는 게 가장 현명한 길이야. 아무리 보잘것없는 것들이라 해도 그들만의 아름다움은 다 있는 법이니까. 눈치 볼 필요 없어. 너는 타인의 판단이 아닌, 그 자체로 의미를 지니고 있기 때문이야.

문제없어요

가끔 사랑한 순간의 감정들이 그리울 때면 김일두의 '문제없어요'를 듣는다. 서정적인 멜로디와 친숙한 리듬으로 이루어져 있는 노래인데 이 노래를 좋아하는 이유는 가사 때문이다. 특히나 '당신의 수수함은 횃불 같아요. 아름다운 당신과 사랑의 맞담배를 피워요. 당신이 이혼녀라 할지라도 난 좋아요. 그게 나의 마음'이라는 부분의 가사가 전체적인 맥락과는 관계없이 가슴에 오래 머물곤 한다. 맞다. 눈빛으로, 마음으로 사랑을 말할 때 우리에게 조건 같은 건 아무런 문제가 되지 않는다. 그저 그대가 나를 사랑해준다면 그것만으로 충분하다고 느낀다. 사랑이라 말하기 위해서는 그 사람이 어떤 사람인지가 중요할 뿐 그 사람이 무엇을 가진 사람인지는 중요하지 않다. 심지어 사랑한다면 상대가 담배를 피우든 이혼녀든 문제될 것은 없다. 어쩌면 정말로 당연한 것인데, 현실에서는 어렵기만 하다. 아무런 조건 없이 그 사람을 사랑하게 되는 일은 참 힘들다. 그래서 나는 이 노래가 좋다.

떨리는 음성으로 내가 사랑하는 사람에게 진실로 그렇게 말해주고 싶다. 문제없어요. 당신은 그냥 당신이면 돼요. 당신이 이혼녀든 당신이 담배를 피든, 당신이 아픈 구석이 있든, 그냥 그건 다 문제될 것이 아니에요. 사랑하니까요. '사랑'이라는 단어 속에는 어쩌나 많은 것들이 담겨 있는지, 어찌하여 그 말 한마디를 내뱉는 것이 이렇게나 어려운 일이 되어버린 것인지. 조금씩 순수함을 잃고 현실에 주눅 들어가는 나의 가슴 언저리에 그 한마디가 늘 메아리치기를 바라며 오늘도 작게 중얼거려 본다. 문제없어요. 나를 믿어요. 문제없어요. 사랑이에요.

결국에 사랑만 문제없다면 둘 사이의 모든 것들은 문제없는 것이 아닐는지. 주변의 상황과 골치 아픈 일들 모두, 사랑한다면 과감히 받아들일 수 있어야 하는 건지도 모른다. 어쩌면 우리가 사랑을 하면서 복잡한 생각과 고민의 귀로를 헤매는 이유는 그만큼 사랑하지 않아서 그런 것인지도. 그러니까 정말로 사랑한다면 무엇도 문제될 것은 없다.

고백

당신이 싸구려라고 해도 좋아요.

그럼 나도 싸구려 할래요.

당신이 실은 좀 별로인 사람이라도 괜찮아요.

나도 알고 보면 보잘것없는 걸요.

아무렴 우리가 헤어진다고 하면 어때요.

꽃이 시든다 한들

그것이 꽃이 아니라 말할 수 있나요.

무엇도 막을 수는 없어요.

비바람도 거친 폭풍도

세상에서 가장 싸구려라 할지라도

사랑하는 건 사랑이라고 하는 건

절대로 결코 감출 수도 멈출 수도 없어요.

감정은
사실을
무디게 만든다

　　감정은 사실을 있는 그대로 받아들이는 것을 어렵게
만든다. 우리는 모두 완벽하지 못한 존재들이기 때문에 비록,
내가 느끼고 있다곤 하나 나의 감정과 생각이 정말로 나만의 것
인지에 대해서는 의심해볼 필요가 있다. 어쩌면 감정을 내 마
음대로 조절하려는 행위, 그리고 그것이 온전히 나의 것이라는
생각은 지나친 욕심이거나 알량한 오만인지도 모른다.

　　살아오면서 진실하다 믿었던 것이 거짓이 되거나, 말도 안
되는 거짓이 어느 순간 진실처럼 보이는 경험을 숱하게 겪었
다. 무엇 때문일까. 무엇이 진짜와 가짜를 구분하는 기준이 되
는 걸까. 왜 진짜와 가짜는 머물러 있지 않고 변하는 것일까. 관
념을 배제한 하나의 사실을 진짜와 가짜로 구분할 잣대는 이유
나, 근거 같은 것이 아니라 믿음 그 자체는 아닐까.

　　아무런 근거가 없어도 내가 진실이라고 믿으면 그것은 진실

이 될 수도 있다. 반면에 정말로 확고한 이유와 근거가 있더라도 내가 받아들이지 않는다면 그것은 결코 진실이 될 수 없다. 진실과 거짓, 그 사이에는 믿음이라는 확실한 경계가 있다. 영원이라는 말 또한 그럴 것이다. 영원이라는 시간은 전적으로 내 믿음의 가치에 의존한다. 허나 믿음에 어떤 방식으로든 균열이 가거나 틈이 생기는 경우 그것은 더 이상 진실이 아니게 된다. 설령 그것이 정말로 진실이라 해도 말이다.

그리하여 약간의 의심은, 불신을 낳고, 불신은 끝내 진실을 거짓으로 만든다. 그때 우리에게 본질적으로 그 대상이 정말로 진실인지 거짓인지는 중요하지 않다. 이미 믿음이 무너져버린 순간 어떤 타당한 이유나 근거가 있다 하더라도 그것은 식어버린 애정의 잿더미일 뿐이다.

요컨대 감정은 사실을 무디게 만든다. 우리는 완벽하지 않다. 따라서 우리가 느끼는 감정과 우리가 하는 행동들도 마찬가지다. 사랑에 있어서도 영원한 진실은 존재하지 않는다. 오로지 그것은 서로 간의 믿음의 문제일 뿐이다. 대상을 바라보는 가장 확실한 방법은 마음의 눈을 통해 느끼는 것이고 진실과 거짓을 구분하는 명확한 기준은 오직, 내가 지니고 있는 굳

건한 믿음뿐이다. 진실도 거짓도 모든 것은 내 마음의 크기에
달렸다.

요컨대 감정은 사실을 무디게 만든다. 우리는 완벽하지 않다. 따라서 우리가 느끼는 감정과 우리가 하는 행동들도 마찬가지다. 사랑에 있어서도 영원한 진실은 존재하지 않는다. 오로지 그것은 서로 간의 믿음의 문제일 뿐이다.

모든 것은 내 마음의 크기에 달렸다.

첫눈을
기다리며

　　　　그냥 혼자 하는 착각일 수도 있고 서로가 함께 느끼
는 건지도 모르지. 사실 나도 그래. 너무 애를 쓰지 않아도 되
는 거야. 그러니까 너는 그런 사람이고 나는 이런 사람이면 돼.
서로 호감이 있다는 게, 꼭 자신을 변화시켜야 하는 의무는 아
닌 거야. 아니 어쩌면 사랑한다면 우리는 자기 자신이 되어야
만 해.

　　바쁜 와중에도 한 번씩 떠올리곤 해. 그 사람 지금쯤 무얼 하
고 있을까. 너무 지치진 않았을까. 우리 사이에 있는 조용한 간
격에선 시원한 여름밤, 풍경이 불어오는 것 같아. 너는 그냥 그
런 당신이면 돼. 가장 자연스러운 모습이면 되는 거야. 말하지
않아도 눈빛으로 표현하는 사이, 우리는 그 분위기를 간직하고
싶은 거니까. 함께 기다리는 겨울이, 그리고 그 계절 속을 걷고
있을 우리가 기대돼. 첫눈이 내리는 날, 어김없이 마주치자. 있
는 힘껏 먹먹해지고 싶어.

첫눈이 내리는 날, 어김없이 마주치자.

있는 힘껏 먹먹해지고 싶어.

눈이 마주치면

네가 가진 여백,

슬며시 나에게 맡겨주겠니.

너를 써 내려가고 싶어.

지고지순

　　타인으로 인하여 사사건건 마음이 흔들리는 너는 너무 예쁜 꽃이 아니던가. 모든 꽃은 옅은 바람에도 나부낀다. 그것은 아름답기 때문이다. 그러니 흔들리는 스스로를 자책하지 않아도 된다. 빛에도 굴절이 있고 소리에도 왜곡이 있다. 무릇, 모든 소중한 것들은 가벼운 빗소리에도 여간 잠들지 못하는 법이다.

　　지고지순, 이를 데 없이 맑고 깨끗하기 때문이다.

비밀

　　한가로운 오후, 애정하는 책 속에 편애하는 페이지에서 슬며시 노닥거릴 수 있다는 것만큼, 나를 싱그럽게 하는 일도 없지. 너를 읽다 보면 그런 기분이 들어. 밑줄을 치고 싶고 가슴에 새기고 싶어. 이제는 눈으로 보지 않아도 선명할 정도니까. 맞아. 너를 빼놓고서 나를 말하기에는 조금 밍밍한 기분이 들어. 우리는 하나는 아니지만 그렇다고 남이라고 하기엔 아쉬운 느낌이잖아.

　　오늘도 너라는 페이지를 반듯하게 접어놓는 모순을 반복해.
　　너는 나만의 비밀이야.
　　혼자서만 간직하고픈 애틋한 한숨 같아.

아무도
모른다

       고등학교 때, 내가 좋아하는 여자애는 자퇴를 했고 우리 엄마는 뇌 수술을 받았다. 누나는 희귀병에 걸렸고 아빠가 10년 동안 이끌어온 가게는 경매로 넘어갔다. 나는 끝내 수능을 망쳤고 그해에는 대학도 못 갔다. 이 사실엔 단 하나의 거짓도 없다.

     그리고 시간이 꽤나 지났다. 그 여자애는 호주에서 행복한 삶을 살고 있고, 우리 엄마는 더 예쁘고 건강해졌으며 누나의 병은 씻은 듯이 나았다. 아빠는 바로 옆에 있던 더 크고 좋은 건물을 샀고 심지어 나는 작가가 되었다. 이 사실 또한 오직 진실뿐이다.

     살아간다는 것은 시간이 지나 보면 아무도 모를 일이다. 우리가 그때 포기했더라면 오늘은 없던 일이다. 겪어보지 않고서는 그 답을 알 수 없는 노릇이다. 그것이 우리의 삶, 아무도 모를 일이다. 넘을 수 없는 벽에 부딪혔다 할지라도 돌아가든 타고 오르든 계속해서 별으로 빛으로 향하라. 누구도 장담할 수 없다. 삶이란 그렇다. 현실은 언제나 소설보다 자극적이고 현실은 언제나 영화보다 이상적이다. 아무도 모른다.

살아간다는 것은 시간이 지나 보면 아무도 모를 일이다.

우리가 그때 포기했더라면 오늘은 없던 일이다.

현실은 언제나 소설보다 자극적이고

현실은 언제나 영화보다 이상적이다.

아무도 모른다.

시작과
끝

지나치게 많이 들었다.

―왜 그만뒀어?

　나는 구태여 변명을 하지 않았다. 타인에게 나의 끝
을 설명할 이유를 몰랐기 때문이다. 아니, 아무리 설명해도 그
것이 구차한 변명에 그치는 경우가 많았기 때문이다. 사람들은
시작과 끝에만 신경을 쓴다. "이러이러 해서 그냥 끝내기로 했
어."라는 말에 뭔가 다른 이유가 있을 것 같아 하고 의구심을 품
을 지도 모른다. 나를 보고 끈기가 없다고 생각할 지도 모르지.
허나 나는 명확히 말할 수 있다. 내가 그만두는 이유는 더는 하
기 싫어서 라고. 그것이 상대에게 명쾌한 대답이 되지 못하더
라도 어쩔 수 없다. 누군가에게 속 시원한 해명이 되기 위해 살
아가는 게 아니니까. 어느 순간부터 내 결정을 조금 더 논리적
으로 보이게 하려고 목에 핏대를 세우고 열변을 토하고 있는 나

를 보면 조금 안쓰러운 기분이 든다. 그냥 이유는 그거 하나면 충분하지 않을까. 더는 하기 싫어서 그냥 안 하기로 했다고.

어느 순간부터 내 결정을 조금 더 논리적으로 보이게 하려고 목에 핏대를 세우고 열변을 토하고 있는 나를 보면 조금 안쓰러운 기분이 든다. 그냥 이유는 그거 하나면 충분하지 않을까. 더는 하기 싫어서 그냥 안 하기로 했다고.

침묵보다
깊은

그 사람과 헤어질 때 세상에서 가장 아름다운 한마디를 전하고 싶었는데, 그냥 아무 말도 하지 않았다. 그냥 잠시 동안 바라만 봤다. 어디서부터 어떻게 설명해야 하는지는 모르겠지만, 그래야만 할 것 같았다. 지금 와 생각해보면 그것은 본디 가장 예쁜 말이더라. 아무 말도 하지 않고 그 눈빛에 차분히 내 속을 보여주는 일. 침묵보다 깊고 기쁨보다는 어눌한지라, 무엇보다 솔직하여 하염없이 드리울 수 있었다.

'마지막으로 본 너의 모습이 웃는 얼굴이라 참 다행이었어. 아직은 조금 더 너로 인해 울고 싶은데, 그렇게 계절은 오늘도 조금씩 변해가고 또 얼마간은 새로운 일상에 적응하기 위해 어제와는 조금씩 멀어지는 연습을 해야만 하겠지. 아직은 조금 더 너로 인해 울고 싶은데. 아마도 이제는 웃으면서 이야기 할 정도로 꽤나 오래된 일이라 그런 거겠지.'

가슴 깊이 남은 여운은 나에게 새로운 하루를 선사한다. 사랑을 잃은 슬픔만큼 나를 지켜야 한다는 의지로 충만해지는 기분을 너는 알까. 그것은 침묵보다 깊다.

선택의 순간

선택의 순간이 복잡하고 머리 아픈 건 누구나 똑같아요. 그래도 그건 다행인 거죠. 나를 위해 나의 삶을 위해 더 나은 방향을 계속해서 찾아가는 일은 멋진 거니까요. 그럴 때마다 주변에서 들려오는 쓴 소리들, 날카로운 소음들, 다 너 잘되라고 하는 말이야 하는 시기와 질투들, 그런 거 다 신경 쓰지 않아도 괜찮아요.

우리가 기억해야 할 것은 내가 나의 행복을 찾기 위해 무언가를 하려고 한다는 그 마음가짐이니까. 우리가 귀를 기울여야 할 곳 또한 바로 내 안에 있는 거예요. 고등학교 때까지 운동만 하다가 갑자기 시를 쓴다고 했을 때 전부 다 도피라고 손가락질을 했어요. 그렇게 하면 안 되는 거라며 자신들의 기준으로 나를 판단하곤 했죠. 그런데 그게 무슨 상관이에요? 나는 당신들 눈에 행복해 보이려고 사는 게 아닌 걸요.

우리는 지극히 스스로의 행복을 쫓을 권리가 있어요. 그래서 시를 썼어요. 그때 내 선택을 지지해준 사람은 오직 나 하나뿐 이었어요. 아무리 생각해도 그때 글을 쓰는 걸 택해서 정말로 다행이라고 생각을 해요. 그 선택을 후회해도 괜찮아요. 그때 에는 다 그럴 만한 이유가 있었다는 거 적어도 우리 자신은 잘 알고 있잖아요. 스스로 잊지 않고 기억하면 되는 거니까요.

남들 눈에 행복하게 보이려고 살지 말고 진짜 내 기쁨을 쫓 을 용기를 가져보도록 해요, 우리.

은은하게

금방 끓었다가 금방 식어가는 거 말고 있잖아. 은은하게, 충분히 마주 볼 사람을 기다리는 거지. 왈칵 쏟아져서 짓궂게 멀어지는 거 말고 있잖아. 솔직하게 마주 보고 서서히 짙어져 가는 거지. 나는 그걸 기다리고 있는 거라고. 너도 물론, 마찬가지겠지만.

그러니까 치약을 중간에서부터 짜는 걸 좋아한다면 나는 아무도 모르게 다시 새것처럼 만들어놓을 거야. 아침마다 너의 그 사소한 기쁨, 마음껏 누릴 수 있도록 지켜줄 거야. 물론, 너도 마찬가지겠지만.

무대 위의
관객

내 인생에서 영화와 책은 아주 절대적인 부분을 차지해왔다. 막연히 시간의 총량으로만 따져도, 잠을 자는 것을 제외하면 내가 영화를 보거나 책을 읽는 시간이 지금까지 인생의 대부분을 차지하지 않았을까 하는 생각이 든다. 그것은 최소한의 노력으로 경험의 부족을 해소할 수 있는 탁월한 방법이었다. 문학과 예술에 심취해 있는 것은 도태된 주관으로부터 삶의 객관을 확보하기 위한 가장 아름다운 방법이다. 적어도 나에겐 그랬다. 나는 그것이 참된 조언이라고 생각한다.

아마 사람들이 여행을 떠나고, 책을 읽고, 영화를 보는 일련의 행위들은 내가 속한 현실을 보다 객관적으로 바라보기 위함이 아닐까. 그것은 아이러니한 일이다. 우리는 그렇게 얻은 참된 조언들로 나의 주관을 더욱 견고히 쌓아가기 때문이다.

때때로 멀어져보면 알 수 있는 것들이 있다. 마치 잃어보면 그것의 소중함을 깨닫곤 하듯이. 가끔, 내 삶이 정해진 운명 속에서 한정된 선택지들을 부여잡아야만 하는 가혹한 일상이라는 기분이 들 때, 문학과 예술은 그 가치를 발휘한다. 우리가 지금 옳은 길을 가고 있는지 알기 위해선 나의 주관과 함께 누군가의 사고를 고루 취해야 하기 때문이다. 삶에 있어 객관성이란 것은 닫혀 있는 틀인지도 모른다. 허나 무엇에 얽매여 있지 않는 자, 결코 자유의 달콤함을 알지 못하듯이 우리가 객관을 익혀야 하는 이유는 스스로의 주관을 더욱 빛나게 하기 위함이다.

결국에 좋은 가르침이란 누군가의 경험과 나의 사고가 수많은 교차점을 지나며 만들어내는 또 하나의 의견일 것이다. 때로는 삶이 너무 버거워 막연히 시간의 맨 뒷장에 혹시라도 존재하고 있을지 모를 답안지를 훔쳐보는 일을 상상한다. 나는 그럴 때마다 시를 읊조린다. 누군가의 고민을 엿보고 타인의 생각에 귀를 기울인다. 말을 통해서가 아니라, 하나의 작품을 통해서. 예술은 그러한 것이다. 나의 사고로 누군가에게 생각의 여지를 제시하고 그것으로 하여금 성찰의 계기를 만들어낸다. 예컨대 폴 발레리의 문장은 고작 몇 개의 단어와 글자들로 명명백백 나의 삶을 객관적으로 호명하고 있다.

—°생각대로 살지 않으면

　　사는 대로 생각하게 된다.

　이것이 오늘날, 내가 쓰고, 읽고, 바라보고 숨 쉬는 모든 가
치의 이유다. 때때로 우리는 스스로의 삶의 주인공이면서 가끔
씩은 그것의 관객이 되기도 해야 한다. 내 삶의 객관성을 지닌
다는 것은 바로 그러한 의미다. 어느 날 우리의 삶이 대단원의
막을 내릴 때, 객석에서 쏟아지는 찬사 속에는 오롯이, 나의 박
수도 포함되어 있어야 하니까. 우리는 스스로에게 질문을 던지
며 살아가야 한다. 그것이야 말로 오늘날 우리가 간신히 부여
잡고 있는 존재에 대한 희미한 맥박이다.

°폴 발레리.

—생각하는 대로 살지 않으면
　사는 대로 생각하게 된다.

이것이 오늘날, 내가 쓰고, 읽고, 바라보고 숨 쉬는 모든 가치의
이유다.

**좋은
관계**

모든 타인에게 좋은 사람이 되고자 하는 일은 결코
스스로에게 좋은 사람이 되는 것을 허락하지 않는다.

사람은 나 자신에게 솔직한 만큼, 남들에게 친절할 힘을 얻
는다. 인간관계에 있어 넓이가 꼭 중요한 것도 아니다. 관계는
좁아도 깊은 것이 더 유익할 때가 많다. 시간은 유한하고 우리
가 할 수 있는 일은 지극히 제한적인데, 굳이 써야 한다면 나와
내가 사랑하는 사람을 위해 쓰는 것이 더 보람된 일이다.

의식의
흐름

나는 대체로 너를 사랑한다. 이 감정은 어쩌면 일시적인 것이다. 그러나 마음이란 것은 연속된 시간의 양으로 결정되는 것은 아니다. 하물며 어떤 사랑은 진부하다. 그러나 익숙하다고 해서 그것이 진실되지 않은 것은 아니다. 나는 드물게 너에게 영원이란 시간을 약속하기도 한다. 결코 이루어지진 않을 거다. 인간은 시간이란 종이에 옅은 티끌에 지나지 않기 때문이다. 나는 그 먼지들 사이에 있는 묘한 기류를 사랑한다. 언어는 애매모호하나 분위기는 명확하다. 느낌, 그 짧은 감각은 확실한 것이다. 의식의 흐름만큼 솔직한 언어가 있을까. 나는 감히 당신의 감정을 표명할 수 없다. 내가 할 수 있는 것은 내가 느끼고 있는 것들에 대한 진술과 규명이 전부다. 그러니 나는 대체로 너를 사랑한다. 다만, 예외적으로 그것을 자제하려는 노력이 있을 뿐이다.

잔물결

눈을 감기 직전에 휴대폰 연락처 목록을 몇 번 반복해서 돌려본다. 별다른 할 말은 없는데 그냥 자냐고 문자를 보냈다. 아직 잠들지 못해 뒤척이고 있었다는 답장에 괜스레 다행스러운 생각이 든다. 그냥 딱히 큰 문제는 없는데 내 삶이 이렇게 잔물결처럼 마냥 평범하게 흘러가도 되는 것인가 고민스러울 때가 있다. 혹시 모두들 즐겁고 가슴 벅찬 삶을 살아가고 있는데 나만 이렇게 지루하게 그냥 저냥 살아가는 것은 아닐까 두려워지기도 한다. 해서 나는 물었고 누군가는 아직 잠들지 않았다고 답했다. 모두들 그렇게, 각자의 이유로 잠들지 못하는 밤이 있다.

어두운 방안에 나는 혼자였지만 오늘도 세상에는 잠들지 못하는 영혼들이 가득하다. 그렇게 뒤척이다가 우연히 알맞은 자세가 찾아오면 얕은 잠 속으로 서서히 잦아들곤 한다. 깨어나면 지난밤에 했던 걱정과 고민들을 미처 다독여줄 여유도 없이 또 다른 오늘 속으로 달려야 하겠지.

　해가 떠있는 동안의 나와 어둠이 내렸을 때의 나는 사뭇 다
르다. 무엇이 진짜 나인지는 조금 더 살아봐야 알 수 있겠지. 어
쩌면 나의 일부는 아직 그곳에 있을 것이다. 잠들지 못한 시간
속에서 여전히 뒤척이고 있는지도.

　서서히 서서히

태도

　　우리 인생에 의미 없는 순간이 있을까. 아마 누군가에겐 그렇고 또 다른 누군가에겐 아닐 수도 있다. 우리 인생에 덧없는 기억들이 있을까. 아마 누군가에겐 그렇고 또 다른 누군가에겐 아닐 수도 있다. 우리의 삶에 필요 없는 실수가 있을까. 아마 누군가에겐 그렇고 또 다른 이에겐 아닐 수도 있다. 우리의 삶에 무의미한 노력이 있을까. 누군가는 그렇게 생각할 것이고 다른 누군가는 다르게 생각할지도 모른다.

　　당신은 어느 쪽에 서고 싶은가.
　　결국 살아가면서 깨우치는 많은 경험들은 당신이 누구인가에 달렸다.

°나는
나의 훌륭함이
마음에 듭니다

　　여전히 서툴다. 아침이면 창문을 열고, 마음을 환기시키는 것으로부터 하루를 준비한다. 매일 아침 첫 번째 커피는 유독 진하게 마시고 하루 총 네 잔의 커피를 마신다. 샤워를 할 때 정해진 플레이리스트를 매번 반복하여 듣는 것을 즐기고, 한 권의 책을 다 읽어내는 데 꽤나 오랜 시간이 걸린다. 나는 애매한 사람이다. 대체로 많은 것들에 능숙하지만 유독 내 마음에 솔직하지 못하다. 사람에게 받은 상처가 깊어 쉽사리 관계를 시작하는 것에 인색하고 특히나 그 끝맺음에 대한 쓰린 단상이 싫어서 이제는 구태여 누군가를 사귀려고 노력하는 일이 적다.

　언제인가부터 내 감정의 주인이 내가 아닌 것이 되어 있는 경우가 많았고 특히나 세월이란 것에 지나치게 많은 신경을 쏟아내기 시작한 시점부터 결정적인 선택에 타인의 시선을 의식하는 경향이 있다. 어쩌면 나는 방황을 하고 있다고 말해야겠

다. 그 떨림을 멈출 수가 없다. 하루 중, 내가 가장 좋아하는 시
간은 잠들기 전의 한 두 시간 정도인데 그 시간에 유독 혼자서
우는 일이 잦다. 이제는 많이 지쳤다고 생각한다. 어렸을 때 기
대했던 것들과는 달리 삶이 내게 그리 너그러웠던 것만은 아니
었다. 막연히 품어왔던 꿈이 조금씩 현실 속에서 흩어지는 것
을 바라볼 때면 그 모든 것이 내 책임인 것만 같아서 이따금씩
거울 속에 나를 똑바로 쳐다보지 못하기도 했다.

　헌책방에서 오래된 책을 바라봐주는 것을 좋아한다. 누군가
의 곁에 있다가 이제는 남겨져버린 것들에 대한 아픈 마음이 있
다. 특별해지는 것을 포기한 날로부터, 대신에 나다운 것을 포
기하지 않는 삶을 살아내고 있다. 허나 그것이 쉽지 만은 않다.
하루에도 수많은 유혹이 내 곁에서 달콤한 귓속말을 전한다.
살아오면서 자의 반 타의 반으로 무수히 많은 자기소개를 했고
만나는 이들에게 종종 좋은 사람이라는 말을 들었지만 정작 나
에게 스스로 존중받고 있다는 느낌을 받은 것은 꽤나 오래된 일
인 것만 같다.

　자존감이 흔들리는 날이면 삶이 늘 내게 묻는다. 너는 어떤
인생을 살아가고 싶냐고. 그때마다 나는 한결같다. 그냥 자기

자신으로 살면 좋겠다고. 나는 나의 훌륭함이 마음에 든다고. 마찬가지로 나의 이런 무료함이 썩 밉지만은 않다고. 언제나 내가 가장 빛나는 때는 나의 선택으로, 나의 결과에, 나의 미소로 답해줄 때였다. 하여 지나치게 삶이 버거운 날이면 조용한 곳에서 울면서 속으로 생각한다. 우리는 자기 자신이 되어야만 한다고. 누구처럼, 남들처럼이 아니라, 오롯이 내가 되어서 자기 자신으로 살아야만 한다고. 내 안의 가장 깊은 곳에서 그 한마디가 늘, 나를 바라보고 있다. 내가 흔들릴 때마다 나를 부둥켜안고 운다. 어쩌면 자기 자신으로 사는 것, 그것만이 우리의 목적이고 과정이자 추구해야 할 이상이 아닐까. 처음 울음을 터뜨린 그 순간부터 마지막 눈물을 흘리는 그 순간까지 우리는 자기 자신일 때 가장 알맞다.

가치 있는 존재로 세상을 살아가는 가장 확실한 방법이 있다면 그것은 마땅히 나 본연의 가치로 살아가는 것일 터. 행복도, 슬픔도, 상처도, 외로움도 모두 나의 것, 내가 겪고 있는 것, 내가 느끼고 있는 것, 내가 사랑하는 것, 내가 품고 있는 것, 내 안에 있는 것. 그러니까 그러한 것들을 느끼고 있다면 우리는 자기 자신이다. 자기 자신으로 살고 있는 사람은 아름답다. 자기 자신으로 살고 있는 동안은 무엇도 부끄러운 것이 아니다. 하여 우리는 자기 자신이 되어야 한다. 나이를 먹으면서 점점 인정해 가는 것이 있다면 삶은 그 자체로 슬픈 일일 수밖에 없다는 것이다. 그럼에도 그 속에서 꿈꿀 수 있는 유일한 희망은 오직, 자기 자신으로 사는 일이 아닐까.

°*나는 이 세상에서 가난하고 외롭고 높고 쓸쓸하니 살아가도록 태어났다. 그렇지만 나는 나의 훌륭함이 마음에 든다. 그 얼마나 인생 앞에 고결한 미소인가.

°에곤 쉴레, '나는 나의 훌륭함이 마음에 듭니다'.

°*백석, '흰 바람벽이 있어'.

언제나 내가 가장 빛나는 때는 나의 선택으로, 나의 결과에, 나의 미소로 답해줄 때였다. 하여 지나치게 삶이 버거운 날이면 조용한 곳에서 울면서 속으로 생각한다. 우리는 자기 자신이 되어야만 한다고.

이방인

가끔은 회사에 가고 싶은 날이 있다. 고작 6개월 일하고 때려치우고 말았지만 가끔은 정장을 입고 지하철을 타고 떠밀리듯 나섰다가 녹초가 되어 돌아오는 그 시간들이 그리운 날도 있다. 아주아주 가끔은 말이다. 사실 아침에 일어났는데, 가야 할 곳이 없다는 것은 상황에 따라 기쁠 수도 또 실망스러운 일이 될 수도 있다. 그러던 와중에 오늘은 막연히 가야 할 곳이 있었으면 하는 생각이 들었고 이른 새벽부터 눈이 떠져버린 것이다.

회사를 다닐 때 나는 꼭 소설 '이방인'의 주인공이 된 기분이었다. 현실에게 집어삼켜져버린 나는 고작 인생의 제3자일 뿐이었다. 그런 나에게는 더는 기회도 가능성도 없어 보였다. 그때의 나는 어떤 확신도 없었고 꿈도 없었다. 꿈이 없으니 실망할 것도 없었고 기대하는 것이 없으니 크게 상처받을 여지도 없었다. 끝내 회사를 그만뒀고 전업 작가가 된 이후로는, 실은 무직에 가까운 사람이 되어버린 이후로는 글에 전념하고 있는 시간 이외에 무엇을 해야 할지 고민하는 것으로 하루를 보냈다. 해서 오늘은 오랜만에 셔츠를 다리고 넥타이를 매고 출근길에 오른 것이다. 뭐 목적지는 대충 을지로3가 정도가 적당해 보였다.

주인공 뫼르소가 그랬듯이 하늘에 뜬 뜨거운 태양은 성가실 때가 있다. 해서 그는 방아쇠를 당기지 않았던가. 가야 할 곳이 없는 이에게 아침마다 떠오르는 햇살은 지나칠 정도로 성가시다. 자신을 잃어버린 자에게 햇살은 날카롭다. 세상에 나로 살아가는 일이, 특별함과 유일함이 아닌 그냥 어쩔 수 없이 사회라는 큰 틀 속에 존재하는 하나의 부속품 같은 것으로 느껴지는 날이 있다. 그런 날이면 우리는 스스로의 삶에 이방인이 되어버렸다는 사실을 부인할 수 없을 것이다. 세상에는 그런 부조리함이 있다. 나라는 존재는 나인 동시에 수많은 무언가의 일부이기 때문이다.

지하철 속에 가득한 인파가 꾸역꾸역 냉장고 속에 밀어 넣은 식료품 같다는 생각이 들었다. 아직 더운 날씨로 인해 에어컨이 가동되자 그제야 사람들은 다행 섞인 한숨을 내쉬었다. 나는 이 지하철에 속해 있자마자 곧바로 오늘 출근길을 후회하고 말았다. 답답했다. 그것은 단순히 물리적인 상태만이 아니었다. 여기 이 곳에는 어떠한 인간다움도 느껴지지 않는다는 생각을 했다. 어쩌면 사람들은 그렇게 시들어간다. 어쩔 수 없는 일이라고, 모든 책임을 현실의 탓으로 미루어가면서.

회사를 다닐 때, 내가 가장 먼저 배운 일은 감정을 숨기는 일이었다. 나는 처음에 그것이 굉장히 부조리하다고 느껴졌으나 경험을 통해 왜 그래야만 했는지 몸소 깨달을 수 있었다. 감정을 드러내면 곧바로 약자가 된다. 꾹꾹 그렇게 자신의 감정을 눌러가면서 나는 시들어갔던 것이다. 이방인의 주인공 뫼르소는 어머니의 죽음에도 눈물을 흘리지 않았다. 재판에서 그가 눈물을 흘리지 않았다는 증언은 그의 사형선고에 큰 영향을 끼쳤는데 그것이 말하고자 하는 바는 크다. 어쩌면 슬플 때 눈물을 흘리지 않는 사람 모두가, 이방인이라 할 수 있다. 감정을 억누르려는 노력, 그 자체가 우리를 관습의 대상으로 만들곤 한다. 비록, 어쩔 수 없지만 그 어쩔 수 없음 때문에 우리는 스스로를 잃는다. 정말이지 어쩔 수 없지만 미련한 일이다.

어쩌면 오늘의 내 시선은 지나치게 냉소적인지도 모른다. 허나 실은 모든 인간은 예외 없이 죽음을 맞이하는데, 그 죽음에 반드시 어떤 예고가 있는 것 또한 아니지 않은가. 우리는 언제 어떤 식으로든 죽음에 이를 수 있기 때문에 실은 소유하고 있는 것들의 덧없음에 대해 일찍이 깨닫는 편이 현명한 삶인지도 모른다. 전체로 봤을 때 나를 잃어버린 개인은 어떤 식으로든 대체될 수 있다. 한 명의 이방인이 사라진다고 해서 사회는 눈물을 흘리지 않는다. 어찌됐든 행복한 삶이란 그 어쩔 수 없음에 맞서 끝까지 향기를 머금다가 죽음에 이르는 과정이 아닐까. 우리가 마지막까지 가지고 갈 수 있는 것은 오직 나라는 존재 그 자체뿐이다. 그것마저 잃어버리면 우리는 정말 아무것도 가지지 못한다.

오랜만에 정장을 입고 나선 거리에서 태양이 뜨거워 땀방울이 이마를 스친다. 나는 누구인가. 텅 빈 자아에 대한 성찰의 필요성을 느낀다. 내 안의 방아쇠를 당길 수 있는 것은 무엇인가. 나를 두드리는 노크소리는 어떤 색깔일까. 나를 알고 싶다. 아니, 나이고 싶다.

외롭거나
쓸쓸하거나

혼자 있는 것을 좋아하게 된 것에도 분명 이유는 있다. 내 감정에 대해서 타인이 단언하는 꼴을 더는 견디기가 힘든 것이다. 말이 끝나기도 전에 완전히 이해하고 있다고 생각하는 태도, 그것은 정말 두꺼운 벽이다. 지금 내 감정은 당신이 이해하고 있는 것과는 조금 다른 거라고, 그렇게 일일이 설명하지 않으면 나는 정말로 그런 사람이 되어버린다.

조금씩, 온전히 내 감정이 아닌 상대방이 이해하기 수월한 방향의 나로 변해간다. 그것의 책임은 상대에게도 그리고 나에게도 있다고 생각하는데, 어찌됐든 나는 그 쓸쓸한 관계의 공범이 되고 싶은 마음은 없다. 사람들이 혼자를 좋아하게 된 데에는 다 그만한 이유가 있다. 구구절절 설명하지 않아도 괜찮으니까. 차라리 외로움을 택하지 불편하고 쓸쓸한 건 싫으니까.

254번 버스를
타던 때

　　스마트폰 액정에 금이 가버렸다. 교복을 입고 다닐 적에 쓰던 작은 휴대폰은 그것으로 캐치볼을 해도, 높은 곳에서 떨어뜨려도, 심지어는 변기에 빠져도 어지간해서는 망가지는 일이 없었는데. 필통 속에 곤히 숨겨놓고 선생님과 눈을 맞추며 손가락의 촉감에 의지한 채로 문자를 보낼 수도 있었지. 문자요금을 다 쓰고 나면 친구에게 빌려서 옆 학교 여자아이에게 수줍게 지금은 무슨 수업시간인지 물어보기도 했었고 말이야. 충전기를 가지고 다니지 않아도 별다른 걱정을 할 필요가 없었어. 아무래도 지금과는 많이 달랐던 모양이야.

　때때로 소중한 메시지는 보관함에 곤히 담아두고 두고두고 꺼내 읽는 재미가 있었지. 254번 버스를 타고 학교를 같이 가는 너를 좋아했어. 교복을 입고 또래 친구들과 소녀처럼 꺄르륵거리던 너를, 그저 속으로만 좋아했던 거야. 그때는 왜 좋아하면 좋아한다 말하지 못하고 오히려 관심 없는 척을 했을까. 눈

길을 들키는 것조차 부끄러워서 나는 일부러 창밖을 바라보곤 했었는데 그때 불던 바람에서는 너의 목소리가 들리곤 했어.

나는 그날의 우리가 좋았어. 마주보고 있진 않아도 서로를 느낄 수가 있는 우리가. "안녕." 그리고 "응, 안녕." 그 짧은 말로 주고받았던 마냥 아쉬운 설렘마저도. 가끔씩은 지하철이 아니라 시내버스를 타고 싶을 때가 있어. 그런 날이면 창문 너머로 불어오는 바람에서 그날의 풍경이 느껴져. 뭐가 멋있는 건지도 모르고 이 감정이 어떤 건지도 미처 깨닫지 못했던 소중한 날의 꿈. 아름다운 나의 시절이 그리 멀지 않은 곳에서 미소 짓고 있어. 가슴 속에 담아 놓고 두고두고 꺼내어 보곤 해. 아름다운 시절인연, 나의 당신.

해명

　　이별은 사랑한 순간에 겪은 숱한 관념들을 해명해나
가는 과정이다. 가끔은 그것들을 조리 있게 규정하는 때도 있
으나 대부분의 시간, 사실과는 무관하게 이미 지나가버린 그것
에 갇혀 나를 몹시 원망하는 날이 많았다.

　　이별이란 그 작은 단어 속에서 우리들은 불가피하게 그리움
이란 끼니를 지어 먹는다. 먹어도 먹어도 배가 고프다. 과거와
지금 이 순간, 그 사이에 손을 뻗으면 무려 촉감이 느껴질 만큼
생생한 기억이 관습처럼 눈물을 흘려보낸다. 이제야 안다. 슬
픔의 자화상은 사랑의 뒷모습이란 걸. 사랑의 민낯이야 말로
슬픔의 자화상이다. 결국에 두 감정은 동일하다.

　　이별은 나를 태초의 인간으로 만들어놓았다. 밤이 되면 깜깜
한 고독에 소스라치게 두려워해야만 했고 지금껏 쌓아온 문명
들을 몹시 덧없이 느끼게 만들었다. 대부분의 것들이 거추장스

러워졌다. 당신이 없는 나는 벌거벗은 존재다. 모든 눈빛과 언어들에 무방비 상태로 놓여 있다. 내게는 이름이 없다. 당신이 없으니, 당신이 알던 나도 없는 것이다.

당신이 없으니, 당신이 알던 나도 없는 것이다.

1202호
그녀에게

작가와 독자가 사랑에 빠지는 일은 흔하게 경험할 수 있는 현상은 아니다. 일반적으로 작가 하면 떠올리게 되는 수많은 생각과 편견들은 상대에게 있는 그대로의 '나'를 보여주기 어렵게 만들곤 하니까.

하루는 아끼는 독자에게 사인을 해주기 위해서 집을 나섰다. 가볍게 커피 한잔 정도를 예상했는데 무려 해가 질 때까지 몇 시간이고 떠들고 말았다. 대화를 나누는 동안 이 사람이 겉핥기식으로 급하게 글을 읽지 않고 몇 번이고 곱씹어 읽었구나 하는 생각이 들어 고마웠다. 그녀는 내 글에 대해서 느낀 점들을 말해줬고 읽으면서 궁금했던 구절들에 대해 질문을 하기도 했다.

간만에 의미 있는 대화를 나누고 늦은 밤에 집으로 돌아왔는데 자꾸만 생각이 났다. 한 명의 독자로서가 아니라 한 사람의 여자로. 그날 이후로 가끔 밥을 먹고 커피를 마셨다. 우리는 확실히 서로에게 끌렸지만 나는 스스로 그 감정을 억누르려고 노력하고 있었다. 글쎄, 아마 새로운 사랑을 시작하는 것이 두렵기도 했을 거고 좋은 친구를 잃는 것이 싫었던 지도 모른다.

누가 먼저랄 것도 없이 서로에게 호감이 있었으나 나는 그 마음을 받아주지 못했다. 어째서일까. 그 사람은 충분히 사랑받을 자격이 있었는데. 외모도, 삶에 대한 태도도 너무나 아름다운 사람이었는데. 아마 그때에는 내 마음 하나 추스르는 일도 벅차서 누구 한 사람에 내 안으로 들어온다는 사실이 견딜수 없었던 건지도. 그 사람은 나를 걸핏하면 "어이 김 작가." 하고 불렀는데 나를 그렇게 불러주던 그녀가 참 좋았다. 언제까지나 소년 같은 순수함으로 살아갔으면 좋겠다던 그녀의 말을, 쓰고 있던 소설책 속에 고스란히 옮겨두었다.

"당신도 언제까지나 아름다운 미소 잃지 않았으면 해요.

나는 너무 서툴러서, 당신의 미소가 울긋불긋한 눈물로 번질까 봐. 좋아하는 데도 다가가지 못하겠던 거 있죠. 당신마저 울게 되면 나는 너무 지칠 것 같아서 말이에요. 그러니 환하게 웃고 있는 당신만 간직한 채로 살아갈게요. 당신 말처럼 이제는 누군가를 좋아하면 더 솔직해지려고 해요. 덕분에, 긴 어둠에서 스스로를 지킬 수가 있었어요. 고마워요."

오직
당신

그건 정말 드문 일이었어. 내가 누군가에게 기대고 어떤 고민거리들을 털어 놓고 끄덕끄덕, 나를 바라봐주는 누군가의 눈빛에 위로받은 거 말이야. 오래도록 잊혀지지가 않아. 사실은 기억하고 싶은 이유에서지. 당신은 내 삶에 참 드문 경우였어. 어쩌면 유일했던 건지도 모르지. 나를 정말 충분히 이해한다고 느꼈던 사람, 처음이었고 아름다웠어.

오직 당신.
이따금씩 우리.

가질 수 없는 것

삶은 단 한 번의 사랑으로 이루어져 있지 않다. 잊을 수 없는 몇 가지의 감정들이 반복적으로 왔다가 어느새 되돌아갈 뿐이다. 그 사람과 헤어지던 시점에서 사랑한다는 것, 그 자체는 결코 소유할 수 없는 것이란 생각을 했다.

그럼에도 사랑은 존재한다. 느낄 수 있다. 다만, 가질 수 없을 뿐. 스스로도 놀랄 만큼의 확신으로 가득 차서 감히, 사랑한단 말을 건네곤 했던 우리는 지금쯤 삶의 어디를 걷고 있을까. 어쩌면 다른 사람에게 기대어 같은 감정을 반복하고 있을지도 모른다. 사랑이 머물렀다가 저만치 흐려져가는 것은 실패나, 잘못 같은 것이 아니다. 애써 부인하지 않아도 괜찮다. 가지고 싶어 할수록 멀어지는 그 이름, 그저 사랑은 억지로 붙잡아두기엔 너무 벅찬 황홀함이었을 뿐.

그날의
우리

　　책장 속에 있던 아끼는 책을 다시 꺼내 읽을 때, 어김
없이 올해도 좋아하는 계절이 찾아왔을 때, 어제 입었던 옷을
한 번 더 입을 때, 사진으로 남긴 장소를 다시금 여행한다거나
같은 실수를 또 반복하는 내가 미울 때, 길을 걷다가 우연히 애
정하는 영화의 재개봉 소식을 알게 되었을 때도. 문득, 그런 생
각이 들었다. 너와 나 사이의 눈빛도 다시 한번 스쳐 지날 순 없
을까 하고. 그날의 분위기, 우리가 주고받았던 말들, 내가 기억
하는 목소리의 떨림과 습관처럼 만지작거렸던 그 작고 투명한
손목의 촉감까지도. 지나간 것들이 한 번 더 찾아올 때마다 나
는 너를 생각한다. 그날의 우리를 생각한다. 사랑이라는 말에
아낌없는 찬사를 보냈었던 그날의 우리를.

족구왕

—여자친구 사귀고 싶죠? 손도 잡고 싶구?

—네. (헤벌쭉)

—그럼 족구 하지 말아요.

—왜요?

—여자들 족구 하는 복학생 제일 싫어하는 거 몰라요?

—족구를 왜 싫어해요?

—아, 그렇잖아요. 복학생들 나시 입고 겨털 다 보이는데 그 대로 수업 들어온다니까요. 땀내 쩔어가지구! 여기가 무슨 군 대도 아닌데 지네들끼리 졸라 찌질하게!

—족구가 얼마나 재미있는 줄 알아요?

—하, 족구가 재미있건 말건 여자들은 싫어해요.

—남들이 싫어한다고, 자기가 좋아하는 걸 숨기고 사는 것도 참, 바보 같다고 생각해요.

학교에서 찌질남으로 통하는 만섭이는 제대한 지 5일 만에 학교에 복학해서 없어진 족구장을 보고 한탄한다. 총장님과의 대화 자리에서 모두가 취업률, 학점 같은 것들을 이야기 할 때에도 그는 족구장을 다시 지어달라고 건의했다. 영화 속 다른 등장인물들은 그에게 손가락질을 해댔다. 공무원 준비생인 만섭이의 룸메이트는 그에게 따끔한 쓴소리를 하기도 했다. 청춘이 영원할 것 같지? 대학 졸업과 동시에 그 청춘이 네 뒤통수를 칠 거다. 그때에도 만섭이는 흔들림이 없다. 그에게는 오직, 족구를 하고 싶다는 순수한 욕망만이 있을 뿐이다.

우문기 감독의 영화 '족구왕'은 이 시대를 각자의 모습으로 살아가고 있는 젊은이들의 모습을 집약적으로 담아내고 있다. 현실적인 이유들로 내 안의 욕망들에게 잠시 양해를 구할 수밖에 없었던 시대의 단상이 해학적인 대사나 장면들과 대비되며 묘한 애잔함을 자아낸다. 만섭이에게 족구가 있었다면 나에게는 영화가 그러한 것이다. 순수한 욕망, 대단한 영화감독이 되거나 영화 평론가가 되고 싶다는 것이 아니라 그냥 영화 그 자체를 죽을 때까지 온몸으로 느끼고 싶다는 간절함이 내게는 있다.

나에게는 만섭이 같은 세 명의 대학 친구가 있다. 강의실의 각 모서리들을 담당하며 있는 듯 없는 듯 존재감이 없던 아웃사이더들. 특히 뒤쪽 모서리는 인기가 많은 자리였는데 나는 그 자리를 놓치지 않기 위해 30분 일찍 수업을 가곤 했었다. 하루는 어쩔 수 없이 조금 늦게 수업을 들어가게 되어서 다른 자리에 앉게 되었는데 하필이면 그날이 조를 정하는 날이 아닌가. 공교롭게도 50명의 학생 중, 유일하게 조에 속하지 못한 네 명의 남자들이 있었고 그들은 평소 강의실의 각 모서리들을 담당하던 나를 포함한 네 명의 아웃사이더들이었다.

나는 불문과에서 신문방송학으로 과를 옮긴 전과생, 그리고 세 명의 사람들은 편입생이었다. 우리를 한마디로 표현하면 '있는 듯 없는 듯 했다'라고 말할 수 있을 것이다. 우여곡절 끝에 같은 조가 된 네 명의 아웃사이더에게 교수님은 직접 조 이름을 지어주셨다. '쩌리분대' 사람들은 그날 이후로 우리를 '쩌리분대 오빠들' 혹은 '쩌리분대 그 사람' 정도로 지칭했다. 우리에겐 각자의 순수한 욕망이 있었다. 공무원 아버지를 둔 샘이 형은 영화감독이 꿈이었으나 그의 순수한 욕망은 매 분기마다 컴퓨터 사양을 최신으로 업그레이드 하는 것이었다. 승무원이 꿈이었던 남윤이 형은 늘 삶을 좀 여유롭고 때때로 게으르게 살고 싶단 바람이 있었고 충섭이 형은 봉사를 통해 얻는 쾌락에 대하여 남다른 애착이 있었다.

우리들은 학창 시절에 함께 기숙사 방에서 영화를 보며 도대체 저 장면은 어떤 의미일지에 대해 밤샘 토론을 벌이는 것으로 시간을 탕진하곤 했다. 술을 진탕 마시고 철학이 사라진 대학교육의 현실을 비난하기도 했다. 자그마치 아웃사이더 네 명이, 그런 무거운 대화를 하다니 상상만으로도 음침하기 짝이 없다. 실로 그 모든 일들은 우리에게 현실적으로 별 도움은 되지 않는 것이었다. 우리는 하다못해 변변찮은 자격증도 하나 없고, 영어점수도, 학점도 그리 좋은 사람들은 아니었으니까. 그래도 나는 그 사람들을 참 좋아했다. 순수함을 쫓는 얼굴에 묘하게 마음을 끌어당기는 멋이 있어서랄까.

졸업하고 나서는 각자 바쁜 일상을 핑계로 자주 만나지 못하지만 언제나 그들은 내게 각별한 존재로 기억되곤 한다. 얼마 전에 당산에서 합정으로 넘어가는 2호선 지하철에서 우연히 대학시절 같은 수업을 듣던 여자애를 만났는데, 조금 과하다 싶을 정도로 반가움을 표현하는 것이 아닌가. 사실 아웃사이더에게 그런 친밀함은 늘, 어색하기만 하다.

—오빠! 오빠! 안녕하세요! 잘 지냈어요?

—어! 오랜만이다. 나야 잘 지냈지.

—쩌리분대 오빠들도 다 잘 지내요?

—그럼, 그 사람들 다 여전해.

—그렇구나. 역시! 저, 사실은 오빠랑 오빠 친구들 많이 부러워했어요.

건너 건너 들었다. 일찍이 좋은 직장에 가서 착실하게 잘 살고 있다는 우리 과 에이스. 그런 애가 우리 같은 쩌리분대를 부러워했다니 이건 또 무슨 말인가.

—갑자기 무슨 소리야. 우리 쩌리분대야. 학식 맨날 혼자 먹던 쩌리분대. 우리가 왜 부러워.

—아, 그럼 어때요. 그때 오빠들 정말 신나 보였어요. 가끔, 일부러 오빠들 근처에 앉아서 이야기하는 걸 엿듣곤 했었는데. 친해지고 싶었어요. 아마 다들 그렇게 생각했을 거예요.

무려 친해지고 싶었다, 라니. 뜻 모르게 왈칵 피고야 말았던 젊음 속에서 우리는 어찌할 바를 몰라 마냥 흘러가고만 있었지. 그럼에도 젊다는 것은 낯설고 서툴기 때문에 향기로운 꽃이 아니던가. 바라만 봐도 미소가 절로 드리우는 나의 젊은 시절, 그때 그 순간. 다시 올 수 없다는 것을 알기에 바라만 봐도 애틋한 내 청춘. 무엇이든 할 수 있었지만 무엇도 선뜻 행할 수가 없었던 그때의 우리들은 지금 어떤 어른이 되었나.

오늘은 윤준경 시인의 '나 다시 젊음으로 돌아가면'이라는 시를 한 대여섯 번쯤 읽다가 잠이 들어야만 하겠다.

°'나 다시 젊음으로 돌아가면' 사랑을 하리
　머리엔 장미를 꽂고 가슴엔 방울을 달고
　사랑을 하리
　사랑을 하리

°윤준경, '나 다시 젊음으로 돌아가면'.

젊음

뜻 모르게 왈칵 피고야 말았던 젊음 속에서 우리는 어찌할 바를 몰라 마냥 흘러가고만 있었지. 그럼에도 젊다는 것은 낯설고 서툴기 때문에 향기로운 꽃이 아니던가. 바라만 봐도 미소가 절로 드리우는 나의 젊은 시절, 그때 그 순간. 다시 올 수 없다는 것을 알기에 바라만 봐도 애틋한 내 청춘. 무엇이든 할 수 있었지만 무엇도 선뜻 행할 수가 없었던 그때의 우리들은 지금 어떤 어른이 되었나.

오늘

오늘 내 시간은 어렸을 때 그리다 그만둔 낙서 같아. 어림짐작할 뿐이지만 무엇도 확실한 것은 없어. 이제는 기대하지 않는 것에 익숙해진 모양이야. 어른이 되면 달라질 줄 알았던 거지. 내가 하고 싶은 것, 내가 원하는 것들에 조금 더 다가서 있을 줄 알았던 모양이야. 그렇지만 오늘 하루를 좀 봐. 하나의 물음을 적어놓으면 나를 기다리고 있던 것은 또 하나의 물음이었어. 언제부턴가 괄호 안에 무엇을 채워 넣기에 급급했던 거야. 바쁘게 사라져가는 수많은 것들은 알아차릴 겨를도 없이.

좋아하는 것들이 무서워지고, 사랑하는 것들이 무뎌지기 시작할수록 조금씩 나의 하루는 균형을 잃어가. 아마도 행복이란 건 내가 어린 시절에 홀연히 놓쳐버린 이름 모를 풍선 같은 건가 봐. 누구도 내게 증명하라고 강요하지 않았지만 나 스스로 지레 겁을 먹어버리고 말아. 살아가는 일의 끝에는 무엇이 있

을까. 역시나 답이 아닌 새로운 물음에 지나지 않겠지. 익숙해
질 것 같지만 늘 어려운 것투성이야. 우리는 오늘을 살아간다
는 이유, 그것 하나로 충분히 외로운 존재들이야.

경험이라고
하는 것

　　지금껏 내가 했던 가장 바보 같은 일 중 하나는, 상대를 위한답시고 내 정당한 권리를 포기하는 일이었다. 배려라고 생각했던 행동도, 함께 멀리 가기 위해 양보했던 부분도 지나고 보면 결국엔 당연한 것으로 치부될 뿐이었다. 조금 손해를 보더라도 사람이 좋으니까 넘어갔던 것들이 결과적으론 그 사람을 잃게 만드는 계기가 되었다. 물론, 내게도 책임이 있는 거지. 관계란 것이 상대방만을 탓할 수는 없는 것이니까. 그냥 나는 마냥 순진했던 건지도.

　　경험이라고 하는 것은 아픈 만큼 정확하다. 배려는 지나치게 양보하는 것은 아니다. 좋은 배려는 분명하게 하는 것이다. 오해하지 않도록. 당연하게 치부되지 않도록.

그것만
기억해

그것만 기억해. 내가 힘들 때 그는 내 곁에 있어주지 않았어. 그것만 기억해. 내가 도움이 필요할 때 그는 나를 믿어주지 않았어. 그것만 기억하는 거야. 내가 사무치는 외로움에 웅크리고 있을 때 그는 나를 안아주지 않았어. 그것만 기억해. 그는 더 이상 나를 사랑하지 않아. 그것만 기억해. 이야기는 끝이 났고 남아 있는 것이 현실이야.

그렇게 하루에도 몇 번씩 당신과 헤어지곤 했어요. 이미 헤어졌는데, 그렇게 얼마간은 더 헤어져보려고 해요. 혹시라도 잊힐까 봐서. 손을 흔들고 마지막 인사를 해요. 그리곤 또 시작이죠. 처음으로 돌아가요. 이제는 그리움보다 먼 당신과 새로이 만나서 다시금 이별의 과정을 반복해요. 가슴이 너무 아파서 나는 아무 말도 못해요. 늘, 헤어지는 것 같아요. 하루에도 몇 번씩, 잠들기 전에도 몇 번씩.

고독과
연대

　—°요나는 캔버스의 한복판에 다만, 간신히 알아볼 수 있을 정도의 작은 글씨로 낱말 하나를 적어놓았을 뿐이다. 하지만 그 단어를 어떻게 발음해야 할지는 정확하지 않았다. 고독Solitaire 이라고 읽어야 할지 연대Solidaire 라고 읽어야 할지.

　까뮈의 단편 소설 요나, 작업 중인 예술가의 마지막 문장이다. 이 한 문장을 읽고 나는 불문학과에 갔다. 철자 하나의 차이로 고독과 연대를 그리고 그 사이에서 한없이 방황하고 있는 한 명의 인간을 표현할 수 있다는 것, 그 사실은 내 가슴을 한 없이 두근거리게 만들었다. 사람들이 고작 소설 책 한 줄 때문에 대학 전공을 정했냐고 물을 때면 나는 마음이 쓸쓸해진다. 그것은 내게 '고작 한 줄'이 아니기 때문이다.

　그의 한 줄은 그간의 내가 겪고 있던 모든 통증을 해소해줄 정도로 따뜻했다. 카뮈의 건조한 문체는 아이러니하게도 인간이 지닌 가슴 속 온기에 대한 그리움을 불러일으킨다. 처음엔 그의 작품이 좋아서 소설을 읽었으나 이후에는 그 사람 자체를 동경하기에 이르렀다. 그가 오랜 기간 저널리스트로 활동했다고 하여 심지어 나는 대학 전공을 신문방송학으로 바꾸기까지 했으니까. 그의 존재는 내게 특별한 의미를 지닌다.

운명적 스승 장 그르니에를 만나 그의 작품 세계가 한층 깊어진 것처럼 나는 지금도 그런 이를 기다리고 있다. 심지어 그의 삶은 어떤 교과서보다 내게 깊은 층위에 위치해 있다고 해도 과언이 아니다. 그로 인해 나는 철학을 좋아하게 되었고 그의 유작인 소설 '최초의 인간'이 영원한 미완성으로 남겨져 있는 것에 대한 막연한 안타까움이 있다. 그는 생전에 자동차 사고로 인해 죽는 것보다 더 의미 없는 죽음은 상상할 수 없다는 말을 했었는데, 공교롭게도 자동차 사고로 인해 1960년 1월 4일 눈을 감았다.

그의 본래 장래희망은 축구선수였고, 단순한 취미가 아니라 알제리 지역 팀에서 키 플레이어 수준의 맹활약을 펼쳤다고 알고 있다. 포지션은 골키퍼였다. 본래 운동선수였지만 결핵으로 인해 운동을 포기하고 예정에도 없던 소설가가 되었다. 나는 줄곧 그런 그를 동경해왔다. 운동을 포기하고, 작가가 되기로 결심한 데에도 그의 생애와 작품들은 늘, 결정적인 순간에 내게 용기가 되어주었다. 어쩌면 그의 삶 그 자체가 문학이다. 나는 그런 삶을 살고 싶다. 시를 쓰러 갔다가 시가 되어 돌아오는 삶.

°알베르 까뮈 단편 소설, '작업중인 예술가'.

같은
방향

처음 너를 본 순간, 나는 내 손에 있던 우산을 쓰레기 통 속에 버리고 거짓말을 했지. 우산이 없는데, 같은 방향으로 갈 때까지만 같이 가줄 수 있겠냐고 물었었지. 우리는 그날부터 줄곧 같은 방향을 걸었던 모양이야. 공교롭게도 너와 헤어지기 며칠 전, 예고도 없던 소나기에 나는 우산을 챙겨 네게로 갔었지. 헌데 네 손에는 이미 우산이 있었고, 나는 그런 너를 바라만 봤어.

그게 그렇게 슬플 수가 없는 거야. 각자의 우산을 들고 다른 방향을 향해 걸어간다는 게, 그렇게 서글펐던 모양이야. 어쩌면 우리는 그만큼 절실하지 못했던 건 아니었을까. 나는 더 용기를 냈어야 했는지도 모르지. 나는 겁이 났어. 내가 쥐고 있던 우산을 버리면 속수무책으로 젖어들까 봐. 네가 그런 나를 보지 못할까 봐. 그래서 빈손으로 네게 가지 못했어. 나를 보호할 구실은 챙겨둔 채로, 그저 적당히 너를 사랑하게 됐나 봐. 아마도 그 순간이 우리가 걷던 같은 방향의 끝이었나 봐. 모순 적이지. 사랑 앞에서 왜 우리들은 먼저 혼자가 될 일을 걱정하는 걸까.

나는 겁이 났어. 내가 쥐고 있던 우산을 버리면 속수무책으로 젖어들까 봐. 네가 그런 나를 보지 못할까 봐. 그래서 빈손으로 네게 가지 못했어. 나를 보호할 구실은 챙겨둔 채로, 그저 적당히 너를 사랑하게 됐나 봐.

생각

실은 줄곧 궁금했어. 네가 무슨 생각을 하는지. 간밤에 잠을 잘 잤는지. 바람이 조금 차가웠는데, 혹시나 감기에 걸리진 않았는지. 어제 본 영화는 누구와 봤는지. 요즘 여유가 없다고 끼니를 거르는 것은 아닌지. 아까 점심은 먹었다고 했는데 편의점 음식으로 대강 때운 것은 아닌지. 어제는 몇 시에 집에 들어갔는지. 잠들기 전 떠올리는 사람은 누군지. 매 순간, 네가 궁금했어. 뭐하냐고 묻고 싶었어. 너를 궁금해 한다는 사실을 너에게 알리고 싶었어. 자냐고 묻고 싶었고 그 물음에 답이 없는 너에게 굳이 잘 자라는 말을 해주고 싶었어. 너에게 예쁘단 말을 해주고 싶어서 친구들과 함께 찍은 사진에 실없이 전부다 예쁘네, 라고 말했지만 그건 다 너라는 사람에 대한 전부를 말한 거였어. 가끔 옆에서 네가 턱을 괴고 나를 보는 시선을 느낄 때면 좋아한다고 말하고 싶었어. 알고 싶어. 너를 보며 초조해 하는 나에 대해 너는 어떻게 생각하는지. 혹시나 망설이고 있는 나를 보며 너도 초조해 하는 것은 아닌지.

알고 싶어. 너를 보며 초조해 하는 나에 대해 너는 어떻게 생각하는지. 혹시나 망설이고 있는 나를 보며 너도 초조해 하는 것은 아닌지.

깊은
사람

　어렸을 적엔 외적으로 멋진 사람들을 보면 눈길이 갔다. 그러나 이제는 너무 멋을 낸 사람들에겐 오히려 시선을 주지 않는 버릇이 생겼다. 경험으로 인해 느껴온 것과 막연한 편견 때문에 그런 것인지도 모르지만 그 사실을 부인하고 싶은 생각은 없다.

　관계라는 것은 단순히 훈련으로는 보완할 수 없는 오랜 기간 쌓아온 그 사람의 분위기에서 비롯된다고 믿는다. 과거엔 똑똑하고 잘생긴 사람들을 보면 참 멋지다는 생각이 들었는데 어느새 멋의 기준이 변했음을 느끼고 있다. 물론, 겉모습도 중요하지만 본질은 내면인 것을 깨닫고 있는 사람. 말 한마디 한마디에서 진심이 느껴지는 사람, 그러니까 눈빛 한번으로 그 사람의 분위기가 전해져오는 사람을 보면 나는 압도당한다.

　왜 그런 말이 있지 않은가. 그 사람이 자주 하는 말, 그 사람이 자주 가는 곳, 그 사람이 자주 만나는 사람들이 그 사람을 말한다고. 자신의 위치에 관계없이 오만함이 아닌 순수함을 지닌 사람. 주고받는 대화의 깊이나 삶에 대한 태도 같은 것들에서 느껴지는 존경심, 말과 행동이 다르지 않은 올곧은 사람. 어쩌면 좋은 사람, 뛰어난 사람이란 그런 이들을 표현하는 말이 아닐까. 그것이야 말로 감히 쉽게 가지려야 가질 수가 없는 진짜 실력이라는 생각이 들었다.

　　나는 어떤 사람일까. 내가 느끼는 나의 모습과 타인이 바라보는 나는 어떤 차이가 있을까. 이따금씩 자기소개를 할 때마다 고민이 된다. 나는 누구일까. 나는 어떤 사람일까.

기억현상

　　수동카메라로 사진을 찍으면 가장 첫 번째로 사진은
자연스레 빛으로 물든다. 정확하지 않고 어렴풋하다. 마치 첫
사랑 같다. 담아내려 해도 담을 수가 없다. 그런 것들은 참 아
련하다. 가슴으로 담은 것들이 빛으로 물들어 허공으로 흩어질
때, 선명하진 않아도 분명 느낄 수가 있다. 눈으로 보이진 않아
도 마음으로 읽어 내려가는 것. 추억은 늘, 우리 곁에 머물러
있다.

　첫사랑. 맞아, 당신은 참 가을에 읽어 내려가기에 알맞은 사
람이었지. 그 눈가를 스칠 때엔 정말이지 아슬아슬했어. 그
대로 사랑에 빠져버릴 것만 같았거든, 당신이 나를 열어두고
갔어.

　나는 펼쳐진 채로 거기에 그대로 있어. 이따금씩 그 순간에
머무를 수밖에는 없는 거야. 내 마음을 읽어줄 사람은 당신이
전부였거든, 그럼에도 추억으로 남기려거든 반드시 한 걸음 물

러설 것. 우리 사이에는 너무 많은 계절이 있어. 당신은 거기에 있고 나는 여기에 있어. 비록, 우리는 새로운 인연에게 나아갔고 앞으로도 전혀 다른 삶을 살아가겠지만 그래도 가끔씩은 그리워해볼 생각이야. 내 생애 당신만큼 해맑은 기억은 없으니까.

  오늘 같은 날이면 처음 데이트를 했던 공원 벤치에 앉아, 하염없이 너를 기다려보고 싶어. 그러다 어스름이 내릴 시간이 되면 눈을 감고 당신의 향기를 추억하겠지. 드문드문, 그 고요 속을 넘실거리겠지. 그렇게 오래도록 머물러 있을 거야. 엉켜 있는 애틋한 삶의 걸음들에게 내 마음을 허락할 거야. 당신의 눈빛에 하염없이 그을릴 수 있었던 그 순간들이 내게는 무엇보다 아름다운 계절이었으니까.

소설

      내 인생이 한 편의 슬픈 소설이라는 생각이 들 때가 있다. 불과 몇 달 전만 해도 '이 사람이 내 삶의 마지막 여자여야만 해' 하고 생각했었는데, 그 사람은 이제 내 곁에 없고 우리의 이야기는 끝이 나버렸으니까. 각자의 삶으로 돌아가기 위해 나와 그 사람 사이에 엉켜 있던 인연의 고리를 찬찬히 풀어나가는 일을 이별이라고 하는 것인가. 처음엔 담담하게 받아들여지다가도 전혀 뜬금없을 때 눈물이 울컥 차올랐다.

    나로서는 대학 시절의 정말 몇 없던 친구들이 다 그 사람의 같은 과 동기들이었는데, 헤어지고 나니 아주 자연스럽게 그 관계도 무뎌지게 되었다. 친동생처럼 아끼는 사람들과 한순간 겸 끄러운 사이가 되고, 영원히 사랑한다고 말했던 사람에게 다시는 사랑이라는 말을 꺼낼 수조차 없게 되어버렸을 때. 나는 참 삶이 덧없고 무의미한 세계라는 생각을 했다.

그때의 감정은 고스란히 소설에 녹아들었고 나는 아주 슬프고 가슴 아픈 결말만을 생각하고 있던 터였다. 집필을 할 때에는 정말 글 쓰는 일만 하는데, 조금 집중을 해서 이야기를 쓰다 보면 어느새 밤이 되어 있었다. 벌써 밤이네 하고 한 문장만 더, 한 문장만 더, 하다 보면 공교롭게도 어느새 해가 차오른다. 내가 지금 며칠 째 잠을 안 자고 있는 거지? 그때 문자 한 통이 날아왔다. 1202호에 사는 그녀다. 그녀와 나는 좋아하지만 좋아한다고 말하지 않는 사이다. "김 작가님, 사랑이 뭐라고 생각하시나요?" 사랑, 글쎄. 사랑이 뭐지? 나는 속으로 중얼거렸다. 그 사람에게는 아무런 대답도 해줄 수 없었으나, 혼자 읊조린 독백을 새하얀 여백에 채워 넣었다.

°지금까지 나는 사랑이란 이름으로 사랑한다는 이유로, 얼마나 많은 이들을 성급하게 안아왔던 걸까. 그 사람의 외로움이 무엇인지도 모르고 그의 아픔이 어떠한 것인지 생각해볼 겨를도 없이 그저, 그래야 한다는 이유로 그러고 싶다는 나의 욕심으로 상대의 마음을 지레 부둥켜안았다. 그것으로 나의 책임은 끝이 났다는 듯이, 이것으로 나의 역할은 충분하다는 듯이 경솔한 마음을 품고 살아왔다. 정말로 진심이 아니었다면 굳이 딱 잘라 괜찮을 거란 말 하지 않을걸, 굳이 내가 답을 내어줄 필

요는 없었는데 그저 아프면 아픈 대로 외로우면 외로운 대로 그의 마음을 조용히 들어주면서 끄덕끄덕 나는 여기에 잘 있다고 내가 당신에게 답이 되어줄 수는 없지만 여백이 되어줄 수는 있다고 그러니 너무 성급하게 답을 내려 하지 말고 우리 차분히, 조금씩, 천천히, 한 걸음씩 해결해나가자고 일단은 여기에 기대어 쉬어도 좋다고 결론이 아닌, 약간의 무르익을 공간과 시간이 되어 주었다면 좋았을 텐데.

그리곤 그녀에게 답장을 보냈다.

─사랑, 전혀 모르겠어요. 지금으로서는 모르겠다는 말만이 유일한 대답인 것 같아요.

°김민준, '소설 시선'.

여운

다 타고 난 사진이나 편지들의 잿더미를 손으로 움
켜쥐어본 적이 있니. 그것들은 생각보다 부드럽단다. 그리고
쉽게 지워지지 않을 흔적을 남기지.

멍하니 멀어져가는
그 모든 것들을 그리워해야지

오전에 일어나 진한 커피 한 잔을 마셨다. 이름 모를
재즈 음악을 연달아 듣고는 거울 속의 나를 연신 노려보다가 이
대로는 안되겠다 싶어 곧장 미용실로 가서 이발을 했다. 머리
를 감겨주는 모르는 이의 손과 아주 짧은 사랑을 나누고 늘어난
옆구리 살을 원망하면서 헬스장 6개월 회원등록을 했다.

집으로 돌아오니 창을 가리고 있던 커튼이 답답해 보였다.
나는 천천히 그것을 뜯어내었고, 내리던 빗줄기가 조금씩 얇아
지고 있음을 알 수 있었다. 뿌옇게 흐린 햇살이 내게로 닿자 이
내 뜨겁다. 살아가는 일은 간간히 권태롭고 가끔씩은 의미 없
다가 문득 간절해지는 것. 때때로 속에서 일어나는 불씨는 무
엇으로도 가릴 수가 없다. 기대하면 실망한다. 의존하면 외로
워진다. 설명하면 복잡해지고 인정하기에는 덜컥 두려워진다.

마음만 시커멓게 그을려갈 뿐. 그저 멍하니 멀어져가는 그

모든 것들을 그리워해야지. 알 수 없는 공허, 불쑥 찾아드는 자괴감, 잊을 만하면 찾아오는 애틋한 삶의 그리움들, 그 이름 모를 감정들 앞에서 우리는 너무 많은 것들을 놓치고 후회한다. 이유도 모른 채라고 말하기에는 너무 확실한 느낌들, 실은 그 선뜻 답을 알 수 없는 의문 속에 내가 진정 원하고자 했던 생의 황홀함이 숨겨져 있던 것은 아니었을지. 마주하기엔 벅차고 그렇다고 외면하기엔 너무 깊이 자리하고 있다. 하는 수 없이 오래된 일기장을 펼쳐서는 그 속에 살며시 나를 누인다.

— 조급해 하지 않을 것.
완벽이란 꿈에 스스로를 가두지 않을 것.

살아가는 일은 간간히 권태롭고 가끔씩은 의미 없다가

문득 간절해지는 것.

우리는
사랑이었을까

　　받아들일 수 없는 것들을 사랑하니까 괜찮다고 인정
해버린 때가 있었다. 사랑하지 않으면 결코 이해할 수 없는 것
들을 사랑한다는 이유로 지레 부둥켜안고 있던 때가 있었다.
그 밤에 우리는 함께 있어도 외로웠고 그날에 우리는 사랑한다
고 말하면서도 이게 정말 사랑이 맞는 걸까 두려워하기도 했
었지.

　　서로를 상처 입히지 않는 사랑이 존재할 수가 있을까. 대개
진심은 다가서면 멀어지고 마주치려고 하면 빗나가버리고 만
다. 우리는 끝내 알지 못한 채로 살아가겠지. 그때 우리는 사랑
이었을까.

도구적
관계

가끔씩 늦은 밤에 전혀 뜬금없는 사람에게서 메시지 한 통이 날아온다. "안녕! 잘 지냈어? 있잖아……" 휴대폰 알림 화면에 뜨는 것은 고작 '있잖아'까지가 전부다. 내가 정작 궁금한 것은 그 뒤의 내용인데. 일단은 확인하지 않고 다른 일을 하려고 노력해본다. 지금까지의 경험으로 볼 때 이처럼 갑작스러운 안부는 대개 어떤 요구나 부탁이 있는 경우가 많았다. 가뜩이나 생각이 많은 밤에 이런 짐이 또 있을까.

이 시간에 도대체 나에게 왜 연락을 했을까. 우리는 대학교에서 같은 조를 한 번 했고 한 달에 고작 몇 차례 형식적인 인사를 주고받았고 서로 이름은 알지만 그 이상은 관심이 가지 않는 관계, 이를 테면 전형적인 얼굴만 아는 사이였다. 심지어는 지난 4년 동안 단 한 차례 연락도 없던 사이가 아닌가. 결국 메시지 함을 열어보면 역시나 부탁이다. "이거 내 자기소개서인데, 한번 봐줄 수 있을까? 부탁 좀 할게. 다음에 밥 살게!" 나는 속

으로 생각했다. '내가 왜? 이걸 해야 하고 너와 밥을 먹어야 하지?'

글쎄, 메시지를 보내기 전에 그는 과연 어떤 생각을 했던 걸까. 나는 어떤 배려나 미안함 같은 건 느끼지 못했다. 그저 이 속에 있는 것은 뻔뻔함. 당황스러운 밤이다. 어떤 식으로 거절을 해야 할지도 생각해야 하고 혹시나 이외에 다른 이유로 연락을 한 것은 아닌지에 대해서도 따져봐야 하며 요구를 들어준다면 어느 정도까지 해야 대충 한 것 같지 않을지 혹은 거절을 했을 때 이 사람이 나를 어떻게 생각할 것인지에 대해서도 생각해야만 한다.

수많은 고심 끝에 이른 결론은 나는 이 사람에게 더 많이 알아가고 싶은 사람이 아니라, 그냥 알아두면 좋은 사람일 뿐이라는 것이다. 그럼에도 나는 끝내 부탁을 거절하지 못했다. 영문도 모른 채 '알아두면 좋을 사람'이 되어서 밤을 새워야만 했다. 그리고 전반적인 수정을 마친 글을 이메일로 첨부해 보내면서 짧게 한마디를 보탰다.

—이제 연락하지 마.

답장은 오지 않았다.

이미 나는
알고 있다

이미 나는 알고 있다. 나는 내가 원하는 것을 품고 있다. 문제는 그것으로 가는 과정이 실로 순탄하지만은 않으리란 두려움 때문이다. 인생은 나의 의지와 주변의 잡음이 끊임없이 부딪치는 투쟁의 역사다. 어찌 됐든 살아남은 자가 역사의 주인이 된다. 싸워보기 전에는 그 어떤 것도 그저 수많은 선택지 중에 하나일 뿐이다.

의미 있는
존재

　　폭죽이 터지는 광경을 느리게 보면 꽃이 피는 순간처럼 보인다. 아주 잠깐, 피었다가 이내 잦아든다. 웃는 사람들의 얼굴을 천천히 바라보면 행복의 실마리가 보인다. 아주 잠깐, 주름진 미소 너머로 희망이 넘실거린다. 태양이 수평선에 걸쳐 있을 때. 아주 잠깐, 그것이 일출인지 일몰인지 제대로 구분하지 못하는 때가 있다. 무릇 모든 시작과 끝은, 묘하게 닮아 있다.

　실은 끝이라고 생각했던 것이 지나고 보면 새로운 시작이었을 때도 있고 의미 있는 새 출발이라고 생각했던 일이 무너지는 계기가 되기도 했다. 무엇보다 살아가는 일은 그리 간단명료한 일은 아니다. 아무리 복잡한 수학공식으로도 그날의 내가 왜 눈물을 흘렸는지, 그 순간의 나는 왜 사랑에 빠졌는지를 정의할 수는 없는 노릇이다.

어디까지나 오직, 마음의 영역으로 남아야만 하는 것들이
있다. 삶에서 주어진 그대로 이미 뜻을 가지고 있는 것들이 몇
이나 될까. 저마다의 관념으로 각자의 태도로 이해하고 행동
하는 것이 고작이다. 이 세상에 태어나 '의미 있는 존재'가 되
는 길은 그렇게 각자의 방식으로 이어져 있다. 복잡한 만큼 쉽
게 끝나지 않는 것이 삶이니까. 결국에 인간으로 태어나 끝내
포기하지 말아야 할 것은 누구도 아닌 나라는 존재로 살아가는
일이다.

가지런히

　　그리움이 헝클어져 있습니다. 나는 조용히 그것을 쓰다듬어주었습니다. 거울에 비친 나의 눈빛이 몹시 남루하여 혹시라도 세월 속에서 우리가 길을 잃은 것은 아닐까 하고 잠시, 서운한 생각이 들었습니다만 나는 그 시간들을 가지런히 정돈하기로 기어코 마음을 먹은 것입니다. 우리는 가을에 만나 사랑을 싹 틔웠으나 이제는 지는 낙엽이라도 되어볼 작정으로 기억을 다독입니다.

　　떨어지는 낙엽을 마주한 모든 이들은 지나온 사랑을 떠올립니다. 사랑한 기억에 끝이란 것은 없습니다. 그저 피고 지는 것이지요. 나는 낙엽이 되고 우리는 그날의 정원이 되어 무릇 익숙한 그리움이 됩시다. 마당에 흩어져 있는 기억들을 주섬주섬 가슴으로 쓸어 담으며 나지막이 속삭여봅니다. 사랑합니다. 당신을 사랑했습니다.

그리움이 헝클어져 있습니다. 나는 조용히 그것을 쓰다듬어주었습니다.

알고
싶어

　　그냥 커피 한 잔을 사이에 두고 눈을 보고 말하고 싶은 거야. 직업, 나이, 배경, 그런 것들은 일단 뒤로 밀어놓고 일단은 우리 두 사람에게 충분한 기회를 주고 싶은 거야. 밀고 당길 만큼의 여유도 없이 관성처럼 당신에게로 쏠려 넘어지고 싶은 모양이야. 취한 거 아니야. 나는 그냥 사랑이 하고 싶은 거야. 시원한 맥주 한 캔과 수더분한 대화 한 모금으로 무르익고 싶어.

　　당신은 어떤 사람이야?
　　너를 알고 싶어.

선

       첫 장편 소설이 중반을 너머 결말에 치닫자 나는 그 것의 마무리에 대해 고민하는 것에 온 정신을 쏟을 뿐이었다. 본래의 결말은 등장인물 모두가 죽음에 이르는 것이었는데, 가뜩이나 무거운 내용의 글이 더 어두워질까 싶은 마음이 들기도 했다. 그럼에도 사람은 누구나 죽는 것이 아닌가. 살아가는 모든 존재는 시한부 인생이다. 가끔 갓 태어난 아기는 왜 우는 것인지 고민하곤 하는데, 그것은 어쩌면 앞으로 살아가는 모든 시간들이 결말에 이르는 과정이기 때문은 아닐까 하는 생각이 들기도 했다.

  고민하던 찰나에 나도 모르게 깜빡 졸았던 것 같다. 그냥 작업 테이블에 고개를 박고 그대로 잠에 빠져버렸다. 문장 하나를 완성하기 위해서는 짧게는 몇 초가 걸릴 수도 있고 길게는 며칠 그리고 몇 달이 걸릴 수도 있다. 어느 순간, 의식의 흐름들이 얼어붙을 때가 있는데 그때 포기하면 다시 글을 써 내려가기가 굉장히 힘들어진다. 직감적으로 알 수 있다. 여백과 내가 이 좁은 방에서 또 한 번의 긴 사투를 해야만 하겠구나 하고.

짧게 잠에 이르는 동안 꿈을 하나 꿨다. 꿈속에서 나는 전화 한 통을 받았고 그 전화 속 이름 모를 여인은 내게 이런 말을 건넸다. "지금 책을 한 권 읽고 있는데 나는 이 문장이 너무 좋아요. 왜냐하면 이 작품의 이름은 '첫사랑'이고 고전 소설인데 작가가 글쎄 이런 말을 했대요. '이것은 나의 창작이 아닌 나의 과거, 첫사랑이다'라고 말이에요."

가끔 너무 생생한 꿈은 잠시 이게 현실인지 꿈인지 착각을 일으키지 않던가. 아주 잠깐 고민을 했었다. 이 여자 누구지. 지금 이 순간부터 그 사람의 목소리가 내 이상형이 될 것만 같다. 공교롭게도 그 사람은 내게 고민할 시간을 허락하지 않았다. 그리곤 계속 말을 이어나갔다.

—잘 들어봐요. 바로 이 문장이에요. °당신의 짓궂은 장난에 수없이 마음 아파했지만 그래도 나는 당신을 영원히 사모할 것입니다.

그리곤 곧 바로 꿈에서 깨어났다. 시계를 보니 새벽 4시, 아직 방안에 빛이 차오르기에는 이른 시각이다. 당신의 짓궂은 장난에 수없이 마음 아파했지만, 그래도 나는 당신을 영원히 사모할 것입니다. 그 문장을 되뇌다 문득 생각나는 이름이 있었다.

   내게 마음이 있다는 걸 나는 아는데, 받아줄 여력도 없으면서 그렇다고 과감히 뿌리치지도 않았다. 더는 내게서 좋은 사람을 잃는 것이 싫었으니까. 조금 더 다가가면 주체하지 못하게 될까 봐. 그 사람도 알고 있었다. 자신마저 나를 떠나면 나는 어둡고 긴 미로 속에서 영영 길을 잃어버릴지도 모른다는 사실을. 우리는 한 걸음 떨어져서 서로를 바라봤고 각자의 이유로 인해 누구도 먼저 선을 넘을 수는 없었다. 우리는 한동안 평행하게 걸었다. 서로를 바라만 보면서 이따금씩 바람이 이쪽과 저쪽을 이어주면 그 사람의 향기가 내 가슴에 사무치곤 했다. 그런 순간이면 나는 반대편으로 고개를 돌려 아무도 모르게 울어야만 했다. 가슴 한켠에 아직도 그 사람이 있을 줄은 미처 몰랐다.

   °트루게네프, '첫사랑'.

고작
단 한 사람

일주일에 한 번 목욕탕에 들러 무게를 잰다. 실오라기 하나 걸치지 않고 숫자와 단위로 표현된 나를 만난다. 살이 조금 빠졌구나. 그렇다곤 해도 광활한 우주에서 고작 두 자리 수의 무게이거늘 어찌하여 한 명의 사람을 잃는 일은 세상 전부를 잃어버린 것만큼이나 공허한 것인가. 나체의 나는 그 허전함을 감히 무엇으로 견뎌야 하는지를 몰라 말없이 찬물로 머리를 감았다.

통증

　　글이 잘 써지는 날엔 아무도 만나지 않는다. 그런 날은 쉽게 오지 않는다는 것을 나는 알고 있기 때문이다. 사람이 그리운 날엔 전시를 보러 간다. 전시는 금방 관람하고 이후에는 그곳에 온 사람들을 둘러본다. 무언가를 골똘히 생각하는 듯한 눈빛을 보면 마음이 편안해진다. 사색에 잠긴 사람들에게선 어떤 향기가 나는 것만 같은데, 거기엔 묘한 중독이 있다. 울고 싶은 날엔 늘 보는 영화가 있는데 매번 같은 장면에서 눈물이 차오른다. 아픈 기억은 어찌하여 더 오래도록 우리 안에 남아 있는 것일까. 길을 걷다가 우연히, 그날의 내가 보일 때가 있다. 그럼, 얼른 아무도 없는 곳으로 가야만 한다. 눈물이 날 테니까.

　　가슴이 답답한 날엔 창이 큰 카페에서 비가 내리길 기다리는 것으로 나를 달랜다. 대화가 하고 싶은 날엔 휴대폰 목록을 처음부터 끝까지 몇 번이고 반복해서 읽어 내려가는데 대개는 그냥 아무에게도 연락하지 않는 때가 많다. 그런 날이면 우연한 만남을 기대해보기도 하지만, 알맞은 우연이 일어나는 것은 그리 자주 있는 일은 아니기에 크게 기대하진 않는다. 실은 지금껏 많은 것들에 지나치게 의미를 부여하며 살아왔다. 의미를 부여한다는 것, 그것은 결국에 상처라는 진부한 결과를 가져오기도 했지만 그럼에도 아무것도 느끼지 않는 것보다야 슬픔이나, 권태, 허무함 같은 감정을 다독이며 살아가는 일이 더 가치 있는 삶이라고 생각한다.

내 안에 있는 감정들을 어떤 것으로도 표현할 수 없는 날이면 알 수 없는 두통이 찾아오기도 했다. 많은 상처들은 두통처럼 시간이 지나면 사라져갔지만 어쩌면 존재하고 있음에도 미처 알지 못한 채로 살아가는 중인지도 모른다. 어떤 아픔이 찾아올 때마다 나는 한 가지씩 스스로에게 다짐을 했다. 그러나 그 마음가짐들은 지금 어디에 있나. 통증이 지나가면 상처는 잊혀지듯이 내 안의 다짐들도 자연스레 무뎌져갔다. 이름 없는 상처나, 간절한 결심 같은 것들은 사실 별반 다르지 않은 것이 아닐까. 고통이 사라지면 그것들은 자연스레 잊혀진다. 어쩌면 우리가 아픈 이유는 바로 그런 것 때문일지도. 자꾸만 중요한 것들을 잊어버리니까 아플 수밖에 없는 것은 아닐는지. 많이 아팠고 많이 깨달았고 그로 인해 수많은 다짐을 해왔건만 시간이 지나면서 결국엔 다시 원점이다. 삶은 모순의 반복이다.

스티븐
호킹

　　과학자들은 지나치게 논리적인 구석이 있다. 나는 그래서 그들을 좋아한다. 정확하게 말하면 논리를 추구하는 사람을 좋아한다고 해야 할 것이다. 지구상의 수많은 과학자들 중에서도 내가 가장 동경하는 인물은 스티븐 호킹 박사다. 이유는 충분하다.

　　그가 탐구하는 학문이 물리학이라는 것, 그리고 그중에서도 '우주의 기원'에 대해서 연구하고 있다는 것, 희귀병을 앓고 있음에도 늘 유쾌한 농담을 할 줄 안다는 것, 자신의 사랑에 대해 표현할 줄 안다는 것, 그리고 그의 저서 제목이 '시간의 역사'라는 것 등. 나는 실제로 여러 가지 과학이론들이나 과학자들의 생애로부터 문학적인 영감을 많이 받는데, 특히 '우주에 대한 중요한 물음들'이라는 제목으로 진행된 스티븐 호킹 박사의 강연을 참 좋아한다. 심지어 내 시집의 제목을 '시간의 모서리'라고 정했던 데에는 스티븐 호킹 박사가 시간을 마치 공간처럼 묘사하고 그것에게 물음을 던지는 메시지로부터 영감을 얻었다.

그 밖에도 호킹 박사와 그의 첫 번째 아내 제인 와일드의 만남과 이별 이야기를 다룬 영화 '모든 것들의 이론'은 매번 볼 때마다 마음 한구석에 인상적인 느낌을 자아낸다. 내용 그 자체를 떠나 제인 와일드의 회고록 '무한으로의 여행: 스티븐과 나의 삶'을 원작으로 하고 있다는 점에서 각별한 애정이 있다. 사랑했던 이로부터 우리 두 사람에 대한 회고록을 넘겨받았을 때의 기분은 어떨까. 특히, 두 사람이 처음 만난 자리에서 나눈 첫 번째 대화를 잊을 수 없다.

—이과예요? 문과예요?

지구에서 가장 똑똑한 인간이 첫눈에 반한 사람에게 건넨 첫 번째 질문이 고작 이과냐 문과냐, 라니. 나는 한 참을 웃을 수밖에 없었다. 그런 것을 보고 있으면 사랑에 빠진 인간에게 명석한 두뇌나 논리적인 사고 같은 것들이 얼마나 부질없는지를 알 수 있다. 또한 언젠가 그는 이런 명언을 남기기도 했다.

—여자, 그들은 완전한 미스터리다.

그러니까 지구상의 많은 여성들은 한번쯤 고심해볼 필요가 있다. '내 마음을 좀 알아줘!'와 같은 말들이 실은 얼마나 어려운 일인지를 말이다. 우주의 기원에 대해서 처음으로 수학적인 증명을 발표한 사람조차 여자의 마음을 미스터리라고 했다. 가끔은 우주의 신비보다 한 인간의 마음이 더 아득한지도 모른다는 생각이 들기도 한다. 전 세계를 돌아다니며 강연을 하고, 심지어는 TV드라마에도 가끔 출연하는 그는, 웃음이 없는 삶을 비극이라고 했다. 그는 실로 육체를 초월한 사람처럼 보인다. 사람들은 그의 업적을 수많은 과학이론으로 평가하지만 실은 단 한 가지로 충분하다.

그가 남긴 최고의 업적은 희망을 잃지 않은 것이다.

**모든 것들의
이론**

°안녕하세요. 제 이름은 스티븐 호킹입니다. 물리학자이자 우주론자이며 다소 몽상가이기도 합니다. 비록 움직일 수 없고 컴퓨터를 통해 말을 해야 하지만, 제 마음 안에서, 전 자유롭습니다.

°스티븐 호킹.

너의
오늘

　　너의 오늘이 몹시 궁금하여 나의 오늘을 내팽개치던 때가 있었다. 당신 곁에 있는 찬 기운이 두려워 내 손이 시린 것도 까맣게 잊고 있던 때가 있었다. 딱히, 이유랄 것은 없이 그냥 나는 당신을 좋아했으니까. 혹시라도 좋아한단 말이 나를 밀어내게 하는 계기가 될까 봐, 몇 번이고 그 말을 삼킨 날에는 집으로 돌아와 세수를 하며 새삼 어른스러워졌네 하는 생각이 들기도 했다.

　　하루는 나를 보며 몹시 해맑게 웃던 네 얼굴에서 어떤 날의 내가 보여 속으로 옅게 울었다. 함께 걷던 거리가, 수많은 대화의 주제들이 네가 스쳐 지나간 나의 마음을 활보할 때면 그 모든 길에서 너와 사랑에 빠지는 꿈을 꾸기도 했다.

　　나에게 기대고 있는 너에게, 나는 애써 묻지 않았다. 당신은 알까. 자신이 누군가에겐 그토록 간절한 사람이었다는 걸. 잡으려 해도 잡을 수 없고 닿으려 해도 결코 닿을 수 없던, 내일은 또 내일이, 모레는 또 그 다음 날이 되었던 너. 어쩌면 당신은 내가 품었던 가장 선량한 미련이었을지도 모른다. 그럼에도 사랑했으니까. 나는 애써 묻지 않았다.

어쩌면 당신은 내가 품었던 가장 선량한 미련이었을지도 모른다. 그럼에도 사랑했으니까. 나는 애써 묻지 않았다.

묻지
않아도

사랑하면서 확인하고 싶지 않았다. 나를 얼마나 사랑하는지 묻고 싶지 않았다. 나는 그런 서로가 좋았던 건지도 모른다. 확인할 필요도 되물어볼 이유도 없었다. 이미 충분히 그렇게 믿고 있었기 때문이다. 믿는 것은 서로의 몫이다. 믿음의 근거는 상대에게 요구하는 것이 아니라, 나에게 물어야 하는 것이었다. 사랑한다면 묻지 않아도 확인하지 않아도 믿을 수 있어야 한다. 그리하면 사랑은 속박이 아닌 유일한 해방이 된다.

내가 그냥
데리러 갈게

오후에 비 소식이 있는데
번거로우니까 우산은 챙기지 마요.
내가 그냥 데리러 갈게.

당신은 모르지.
그 한마디 하려고
며칠째 일기예보를 들여다봐야 했는지.

젖은 어깨를 마다하지 않고 너를 기다리는데
멀리서 네 모습이 보이는 거야.
정말 터무니없이 아름다웠던 거지.

생일

    사실 올해 생일을 같이 보낼 사람은 한 명도 없었어. 인스타그램 팔로워는 꽤나 많은데 정작 생일날에 함께 초를 불어줄 친구 한 명은 곁에 없었던 거야. 씁쓸했어. 작가로서의 삶이 이렇게 외로울 줄은 미처 몰랐던 거겠지. 하루 종일 이불을 뒤집어쓰고 잠을 잤어. 오후 4시쯤 되니 도저히 잠이 오지 않더라고.

    부스스하게 일어나서 커피 한 잔을 내리고 향초에 붙은 불을 후 하고 불었어. 그게 끝이었던 거야. 축하는 무슨, 어른이 되면 생일에 조금씩 무감각해지는 거라고 스스로를 합리화했어. 공교롭게도 그때 메시지 한 통이 날아온 거야. 생일인데 집에 있지 말고 나오라고. 그녀는 떡볶이를 좋아하는 내가 그냥 넘어갈 수 없는 맛집을 찾았다고 말했어. 우리는 연남동 거리를 걷고 함께 초를 불었지.

문학에 대해 참 잘 알고 있는 친구였지. 태어나서 처음으로 내 가장 깊숙한 내면을 들여다본 사람이라고 생각해. 싸구려 와인에 길거리 분식이 전부였지만 그걸로 충분했어. 문득 이 새벽에 그 대화가 그리워질 줄은 몰랐던 거야.

좋은 친구로 남을 수가 있었다면 오늘처럼 울적한 날에 같이 소주 한잔을 마셨을 거야. 애석하게도 사람 마음이란 게 자꾸만 더 나아가려고 하는 법이잖아. 그때 너의 마음을 받아들이기에는 나 스스로가 너무 위태로웠어. 오늘은 그런 밤이야. 그립고 아련한 새벽이야.

한여름
밤

여름밤 공기를 안주 삼아 마셨던 싸구려 와인 한 병
으로 뭐가 그렇게 신이 났었는지 그 사람과 간간히 술잔을 기울
일 때에는 뭔가 가슴 속에 복잡하게 꼬여 있는 실타래들이 가지
런히 정돈되곤 했었지. 추억이란 누구에게도 양도될 수가 없잖
아. 덕분에 생각은 늘, 현실을 견인하는 장치라고. 나이를 먹을
수록 시간은 점점 급하게 흘러가지만 누구에게나 마음속에 담
아두고픈 순간 하나쯤은 있는 법이니까.

그럼에도 그 순간에 전혀 외롭지 않았다거나 현실이 아주 안
정적인 것은 아니었어. 그럴 수도 있는 거야. 아슬아슬하지만
설레었고 가끔은 지루했지만 돌아보면 편안해서 좋았어. 그냥
그랬던 거야. 억지로 예쁘게 포장하지 않아도, 그 한여름 밤의
우리는 충분히 행복했던 거야.

2016년
8월의
마지막 날

오늘은 평소보다 더 진하게 커피를 내렸다. 혼자만 알고 싶은 외로움 탓이었다. 가끔은 살아가는 일이 허전한 것 투성이라, 말하지 않고 그저 느낌으로 알아주길 바랐다. 아무렇게나 잊혀지기는 싫어서 젖은 목소리로 당신의 이름을 환기시키다가 그만, 사랑한다면 그 빈자리마저 안아주어야 하는 것을 아닐까 하고 흔한 안주하나 없이 빗소리로 술 한 잔을 넘기며 애써 사랑한다 그 한마디를 속으로 삼켰다.

거참 쓰다. 쓰리고 아프다. 삼키고 쓰는 일을 몇 차례 반복하다 보면 어느새 빗소리가 얼어붙는 계절이 찾아오겠지. 세상이 온통 먹먹해지면 우리를 기다리고 있을 그 새하얀 침묵 속으로 연신 입술을 들이밀 작정으로, 차마 그립다 말 한마디를 전하지 못할 사람아. 혹여나 고유한 당신의 이름에 빗대어 쉴 수가 있다면 그림자를 일으켜 세워서라도 나 그대의 하염없는 뒷모습이 될 텐데.

어쩌면
당신의 이야기일지도
모르는

인스타그램에 글을 올렸다. 그날의 우리에 대해서 써 내려갔을 뿐인데, 사람들이 너무 가슴 아파하기에 나는 그냥 쓰고 있던 소설의 한 부분이라고 말했다. 그러고서는 나의 그 알량한 거짓말이 들통날까 봐 진짜로 쓰고 있던 소설에 통째로 그 이야기를 집어넣고 말았던 것이다.

그 사람이 읽었다면
'뭐야, 이거 완전 내 이야기잖아?' 했겠지.
소설이라는 장르는 그렇다.
그것은 어쩌면 당신의 이야기일지도 모른다.

혹시나
하는 것 때문에

어쩌면 운명이라는 말, 지나간 일기예보만큼이나 덧없는 기억일 뿐이지. 그럼에도 믿어보고 싶었어. 혹시나 해서 챙겨 나온 우산이 하루 종일 짐처럼 느껴지는 날에도 정말이지 그 혹시나 하는 것 때문에 너를 놓을 수는 없었던 거야. 작은 가능성에 현실을 모조리 밀어 넣어야 하는 기분을 너는 알고 있니. 그 좁은 확률에 진심이 위태롭게 흔들리는 모습을 본 경험이 있니. 설마 하는 것 때문에 혹시나 하는 것 때문에 가슴 속에 누군가를 지우지 못해 품고 살아가는 누군가의 의미를 너는 깨닫고 있니. 사소한 그 한마디에 온 마음이 물들었던 시절이 있었지. 어떤 그리움은 잊혀지지 않아. 혹시나 하는 것 때문에.

누구와 있든
무엇을 하든

요즘은 누구와 있든 무엇을 하든 외롭다. 정말로 가을이 왔다고 느끼는 것은 바로 그런 이유 탓이다. 말을 해도 답답하고 끼니를 잘 챙겨 먹어도 어딘가 허전하다. 비가 오면 처마 밑에서 빗방울의 파문을 관람하는 일도 이제는 사뭇 진부하게 다가온다.

실로 권태롭다. 지난 봄날의 공허함이 다시금 피어오를지언정, 아마도 나는 묻고 싶은 것이다. '당신도 가끔씩은 내게 마음을 허락했던 거죠?' 하고 쓴웃음을 짓고 싶은 모양이다. 사랑이 하고 싶다. 아니, 사랑한다는 말의 어감을 허락하고 싶다. 사랑이라는 짧은 낱말에 잠시 기대어 쉬고 싶다는 생각이 들었다. 하여 말없이, 노트에 '사랑'이라고 적어놓고는 낮잠을 청했다. 눈을 떠보니 방 안에는 제법 그윽한 먼지 냄새가 났다. 어느새 아련하다.

이름 모를
순간들

나에게 소홀했던 시간만큼 다가올 이름 모를 순간들이 어여쁜 의미로 가득 채워질 수만 있다면야 지금껏 외로움이 배웅해주었던 수많은 걸음들이 못내 아픈 기억만은 아닐 텐데. 누군가에게 따뜻한 한 명의 사람으로 기억되는 일, 내 유년 시절의 허전함을 채워주기에 그것만큼 알맞은 위안이 또 있을는지. 내 선택에 대한 결과를 온전히 스스로 책임지는 것, 어른이 된다는 건 그렇게나 버거운 일이다. 어쩌면 인생이란, 나 하나 감당하기에도 빠듯한 시간이지. 누구나 어쩔 수 없이 마음 속에 빈 곳을 가진 채로 살아갈 터인데 다만 그것을 가치 있는 것으로 채울지 하염없는 욕심으로 채울지는 스스로의 선택에 달려 있는 게 아닐까.

어찌됐든 우리는 물음을 가진 채 살아가야만 한다. 이따금씩 그 뜻을 헤아릴 수 없는 물음들로 말미암아 울리기도 하고, 답을 알 수 없는 답답함과 공허함 속에 길을 잃기도 할 테지만. 어쩌면 성장이라고 하는 일은 내 안의 비어 있는 공간에 대한 회귀와 같다. 자고로 인간이라는 존재는 그렇게 서서히 태어나는 것이다. 물음을 가진 채 나아가면서, 길을 잃고, 다시 제 자리를 찾아가면서, 조금씩 나를 찾아가는 것이다.

어른이 되어가면서 조금씩 눈물을 보이는 횟수가 줄어간다. 다만, 눈물을 보이지 않는다 하여 울지 않은 것은 아니다. 실은 사람들은 나이를 먹어가며 소리 없이 우는 법을 깨달아가기 때문이다. 조금씩 대부분의 것들로부터 거리를 두면서, 소극적이지만 나를 지키는 방법을 알아간다. 그럼에도 내 안의 물음은 잃어버리지 않을 것, 마음의 등대는 끄지 않을 것. 인생에서 답을 아는 것보다 중요한 것은 물음을 잊지 않는 것이다. 어디로 가는지 보단, 왜 가야만 하는지가 우리의 행동에 더 큰 용기를 주기 때문이다.

어른이 되어가면서 조금씩 눈물을 보이는 횟수가 줄어간다. 다만, 눈물을 보이지 않는다 하여 울지 않은 것은 아니다. 실은 사람들은 나이를 먹어가며 소리 없이 우는 법을 깨달아가기 때문이다.

모래성

관계라는 것이 쌓아올릴 때만 해도 분명 공든 탑이 었는데 무너질 때가 되어서는 마치 모래성 같았다. 말 한마디로 인해 와르르 균열이 생기기도 했고 스며든 찬바람에 흘깃, 그 시간들이 헛되이 느껴지기도 했다.

스스로 당연하다고 믿는 관계들은 실로 얼마나 연약한 것들 이었나. 그럼에도 불구하고 무엇이 우리를 그토록 강하게 끌어 당겼던 것일까. 모든 것은 지나고 보면 별것 아닌 게 되어버린 다. 분명 그 순간에는 무엇보다 간절했을 터인데.

처음부터
다시

나를 사랑하는 방법을 처음부터 다시 배워야 할 것 같다. 그러기 위해선 사랑이 무엇인지 깨닫는 것이 우선이겠지. 정말로 사랑한다는 건 뭘까. 그것 하나 알아가기에도 인생은 덧없이 짧다. 사랑은 무엇일까. 상대와 나 사이에 존재하는 무거운 중력일까. 호기심을 넘어 존재의 가치를 알아가는 과정일까. 혹은 너무나 견고하고 굳건하여 흔들리지 않는 믿음일까. 그것은 언제까지도 잊혀지지 않을 강렬한 입맞춤일까.

우리는 사랑이었을까. 피지 못한 인연이었을까. 이미 시들어가는 가여운 꽃은 아닌지. 세상에 딱 하나뿐인 운명인 걸까. 실은 별 의미 없는 마주침은 아니었을까. 상처를 받고 상처를 주는 것이 사랑인가. 사랑은 병인가. 우리는 사랑에 대해 아무것도 모르는 것이 아닐까. 하물며 사랑한다는 그 말의 무게를 턱없이 가볍게 여기고 있는 것은 아닐까.

당신의 부재는 내게 가끔씩 울기 좋은 빈 방이 되었다. 그리하여 나는 울었고 그리워했고 사랑한 날의 찬란함에 기대어 쉬곤 했었다. 나를 보는 당신의 눈빛에 저만치 밀어두었던 삶의 흔적들이 흩날리면 내 곁을 지켜주지 않았던 당신이 밉다가 문득, 미안해지기를 수차례. 많이 그립지만 애석하게도 돌아갈 용기는 없는 우리는 어쩌면 너무 먼 길을 헤매고 있는 건지도. 실은 잘 모르겠다. 사랑을 꼭 알아야만 했던 순간이 사실은 참 부질없던 일은 아니었을지. 굳이 알지 않아도 확인하지 않아도 되지 않았을까. 사랑이라면.

나를 보는 당신의 눈빛에 저만치 밀어두었던 삶의 흔적들이 흩날리면 내 곁을 지켜주지 않았던 당신이 밉다가 문득, 미안해지기를 수차례. 많이 그립지만 애석하게도 돌아갈 용기는 없는 우리는 어쩌면 너무 먼 길을 헤매고 있는 건지도.

실은 잘 모르겠어. 사랑을 꼭 알아야만 했던 순간이 사실은 참 부질없던 일은 아니었을지.

운명이 아니라도
괜찮으니까

현실과 꿈이 뒤엉키며 잠 속으로 곯아떨어지는 찰나, 문득 '누군가 나를 걱정해 준다면 좋겠다' 하고 외쳤다. 으이구! 하면서 나를 위해 미간을 찌푸려줄 사람이 있었으면. 내 감정에 대해서, 나의 상황에 대해서 단언하지 않고 그냥 그 온기로 안아줄 수 있는 사람이 있었으면 하고. 찾아올 사람도 없는데, 괜스레 누군가를 기다리는 사람이 되어 오늘 하루를 마냥 잃어버리다가 멍한 표정으로 여전히 기다려본다.

인연이 아니라도 좋으니까. 운명 같은 게 아니라도 괜찮으니까. 너에게 나를 허락해달라고. 구태여 어떤 의미에 집착하지 않고 그냥 이끌린다고. 다른 이유는 없다고. 확신에 두려움이 없는 것은 아니니까. 그렇다곤 해도 너를 소유하지 않을게. 내 것이라고 단정 짓지 않을게. 아직 마주하기도 전에 이미 그리운 거야. 내 곁에 있어줘. 나를 걱정해줘. 눈을 뜨면 내 품에서 새근새근 꿈을 꾸고 있어줘.

여행

　　당신의 하루는 몹시 병들어 있습니다. 치료를 위해 조속한 여행을 처방해드리겠습니다. 때로는 잠시 멀어져보는 것이, 더 가까이 다가서기 위한 소중한 첫걸음이 될 수 있다는 사실을 기억하시길 바랍니다. 자기 자신이 되기 위해서 우리는 다분히 관습적인 것들을 감히, 의심할 필요가 있습니다. 그것을 가능하게 하는 가장 손쉬운 방법은 일상을 벗어나는 일이지요. 당연하다고 느끼는 것들로부터 자신 있게 멀어져보는 것을 권해보는 바입니다. 머지않아 깨닫게 되겠지요. 얼마나 소중한 것이었는지. 혹은 얼마나 덧없는 것들이었는지.

머지않아 깨닫게 되겠지요. 얼마나 소중한 것이었는지. 혹은

얼마나 덧없는 것들이었는지.

가을

나 그대를 아주 간신히 잊고 지냅니다.

그 무렵, 가까스로 당신을 그리워하지 않게 된 어느 시점부터 나는 간신히 그 무엇도 사랑하지 않을 수가 있습니다.

기껏해야 먹먹한 갱지에 글을 끄적이는 일이 전부이지만 마지못해 살아갑니다. 그 무렵, 내가 앉은 자리는 언제나 현실이 아닌 허울뿐인 고독이었지요. 어느새 그렇게 되어버렸습니다.

이를 악물고 살아갑니다. 나 그대를 아주 간신히 잊고 살아갑니다. 그리하여 끼니는 거르지 않고 살아갑니다. 덕분에 가끔씩은 웃음도 지어 보냅니다.

더는 무엇도 떠나보내지 않기 위해서 어쩔 수 없이 그 무언가들을 사랑하지 않으며 살아갑니다. 이를 악물고 사랑하지 않으려 나를 다독입니다. 그리하면 정말로 운이 좋은 날은 당신이 그립지가 않습니다.

국화꽃 향기

　무릇 국화는 모든 꽃의 마지막이라 하였다. 나는 국
화를 좋아한다. 그것의 향기를 좋아한다. 그러니까 영화 '국화
꽃 향기'에서 인하가 희재에게 하는 대사를 특히나 아낀다. 왜
하필이면 나를 좋아하냐는 물음에 그건 당신이 당신이기 때문,
이라는 그 짧은 순간을 사랑한다. 국화꽃이 지면 대개는 봄이
올 때까지 꽃을 보기가 힘들어진다. 국화가 모든 꽃의 마지막
이라 이르는 데에는 그런 이유가 있다. 내가 태어난 곳에선 가
을이면 섬에서 국화꽃 축제를 하는데, 매년 가을이면 그곳으로
소풍을 떠나곤 했었다. 참 진부하다고 느껴지던 그 향기가 문
득, 도심 어딘가에서 나를 스칠 때면 나는 향수에 젖는다. 아,
가을이구나.

　지독한 더위로 몸서리쳤던 여름을 지나, 사랑하는 계절이 내
게로 왔다. 부암동 언덕에 있는 환기미술관에 들렀다가 어김없
이 국화꽃 한 다발을 사서는 내리막길을 걸었다. 꼭 보라색이

어야만 했는데, 그것은 국화가 색마다 품고 있는 뜻이 달랐기 때문이었다. 정독도서관 벤치에 앉아 이런저런 생각을 하다가 못다 한 한마디가 있어 가슴팍으로 와락 그 꽃을 끌어안으며 속삭였다.

─나의 모든 것을 그대에게.

영원하자 말했을 때, 당신 얼굴에 옅게 드리운 그 미소의 의미를 나는 알지 못한다. 어쩌면 여전히 그것의 의미를 헤아려 보려고 간절히 발버둥 치고 있는 건지도. 우리는 서로를 좋아했지만, 스스로에게 솔직하지 못했다. 어쩌면 영원이라는 말, 그 순간에 무르익는 것이 아니었을까. 그 한마디가 모든 감정의 마지막일 수도 있었다. 한때는 당신이 내 삶의 마지막이라고 믿어 의심치 않았던 때가 있었지. 조용히 읊조리는 기억에선 여전히 알 수 없는 미소가 나를 응시하고 있다. 나의 모든 것을 부디, 그날의 당신에게.

사랑은 지워지는 것이 아니라 잊혀지는 것이라던 말, 그리하여 가을이면 꼭 버릇처럼 이곳을 찾아옵니다. 못다 한 한마디 혹여나 그대를 찾을까 하고.

고해성사

그때는 감히,

우리가 영원이라고 믿었습니다.

빈 방

텅 빈 방에 들어오기가 무서워서 집 주변을 배회했다. 얼마 전까지만 해도 더위가 좀처럼 잦아들 기미조차 보이지 않았는데 어느새 바람이 쌀쌀해졌다. 걷다 보니 어딘가에 기대고 싶어서 버스 정류장에 앉아 오고 가는 사람들을 구경했다. 막차가 지나갈 때까지만 나도 이곳에 있으리라, 그렇게 오늘 하루에 대한 다분히 소극적인 투정을 하면서 한참을 멍하니 앉아 있었다. 저 멀리서 오늘의 마지막 버스가 다가온다. 문이 열린다. 왠지 타야만 할 것 같은 기분이 들지만, 지금 내게는 목적지가 없다. 순간, 방금 떠올린 생각을 다시 한번 중얼거린다.

내게는 목적지가 없다. 내게는 목적이 없다.

생각해보면 어렸을 적부터 늘, 크고 작은 목적을 가진 채로 살아왔다. 아주 아이였을 때는 장난감이 가지고 싶다는 마냥 순수한 목적이 있었고, 볼링 선수시절엔 도민체전 선발이 목표

였었고, 고등학교에 가서는 글을 더 잘 쓰고 싶다는 목적이 있었다. 대학에 가서는 사랑만 하고 싶다고 생각했고 작가가 되고 싶다는 목적이 있었지.

그때는 있고, 지금 내게는 없는 것. 지금은 그냥 막연히 살아가고 있다. 그렇다고 뚜렷한 어떤 목표를 가지고 싶은 것 또한 아니다. 살아오면서 무언가를 이루기 위해 너무 많은 노력들을 해왔기 때문일까. 어느 순간부터 무언가를 갈망하기 위해 애쓰는 내 모습이 안쓰럽게 느껴진다. 결국엔 그것을 이룬다고 해도, 나는 곧이어 어떤 목마름에 몸서리쳐야만 하겠지. 머물러 있지 못하고 부단히 애를 써야 한다는 것은 외로운 것이다. 해서 요즘은 목적이 없다. 그것이 오직, 내 탓일까. 내게는 목적지가 없다. 어쩌면 방황하는 것과 여행하는 것은 관점의 차이인 것이다. 다분히 계획적인 것이 만족스러울 때가 있었고, 때로는 정처 없이 마음이 가는 곳으로 발걸음을 옮기는 것이 더 멋진 삶이기도 했다.

그래서일까. 목적이 없는 삶에 대해, 누군가는 쓴소리를 할지도 모르겠으나. 아직, 조금은 더 이대로 쉬고 싶다. 정처 없이 가야 할 곳이 없는 걸음이 되어 내 마음 주변을 이따금씩 배회

하고만 싶은 모양이다. 우연히 행복해지고 싶다. 또렷한 것이
아니라, 예정에 없던 것으로 미소 짓고 싶은 바람이 있다.

내 사람

곁에 내 사람이 있다는 사실만큼 든든한 일도 없지. 내 사람은 서로의 취향을 존중해주고, 내 사람은 나를 함부로 시험하려 들지 않지. 내 사람은 이유와 근거보다 마음 그 자체로 다가와주고 내 사람은 위태로운 나를 모른 척하는 법이 없지.

누가 먼저랄 것도 없이 서로에게 내 사람이 되어주자 우리. 아름다운 신뢰관계를 쌓아가는 일, 믿음으로 현실의 짐을 나누는 일. 누가 뭐래도 내 사람, 무엇보다 내 사람.

당연한
일이에요

언젠가 내게 물었죠. 당신을 왜 사랑하는지에 대해 말이에요. 글쎄요. 봄날의 햇살이 포근한 것에도 이유는 있겠죠. 그렇지만 그건 굳이 몰라도 괜찮아요. 가끔은 이유를 알지 못해도 이미 느끼고 있는 것들이 있거든요. 좋아해요. 돌아보면 참 당연한 일인 것 같아요. 햇살처럼, 그 품에 닿기만 해도 미소가 떠올라요. 내가 마치 꽃이 된 기분이에요. 맞아요. 바로 그 눈빛이에요. 그렇게 나를 바라봐줘요.

우리는 이 순간에 은은하게 스며들 뿐인 거예요.

어쩌면 당연한 일인 걸요.

그렇게 보고 있으면 어쩔 수가 없는 걸요.

정상

등산을 하다가 하산하는 이에게 정상이 어디냐 물었더니 바로 코앞이라 했다. 해서 나는 적어도 코앞만큼의 거리보다는 훨씬 더 멀리 걸음을 옮겼거늘 아직도 가파른 오르막이 끝없이 이어져 있었다. 하는 수 없이 또 다른 등반객에게 정상은 얼마나 남았냐 물었더니, 이번에는 웃으면서 거의 다 왔다는 대답을 들었다. 그래서 나는 '거의'라는 말의 사전적 정의보다도 훨씬 더 충분히 걸어 올라갔는데 여전히 정상은 보이지 않더라.

가도 가도 다 왔다는 격려만 돌아올 뿐, 가도 가도 코앞이라는 대답만이 돌아올 뿐 정상은 보이지 않았다. 이 얼마나 비정상적인가. 차라리 똑바로 좀 말해주지. 그래야 괜한 기대 하지 않고, 적당히 힘을 분산해서 정직하게 산을 오르지 않겠는가. 아직 한참이나 남았습니다. 아직도 멀고 멀었어요. 그냥 그렇게 솔직하게 말해주지.

•

산을 오르는 일이 왜 인생의 짧은 모습이라 하는지 대강 알겠더라. 삶을 오르는 이들과 삶을 내려오는 이들이 정상을 대하는 태도는 다르다. 누군가는 현실을 있는 그대로 이야기 해주길 바라고 누군가는 그 모습이 탐탁지 않다. 지금 현재 똑같은 위치에 서 있다고 해서 앞으로 가야 할 길도 같은 것은 아니다. 누군가는 오르막이고 누군가는 내리막이다. 그러니까, 되도록이면 솔직하게 말해주는 것이 올바른 조언은 아닐까.

지나간 것들은 아름답게 포장되는 법, 앞으로 겪어야 하는 입장에선 늘 그것이 야속하기만 하다.

기대

기대는 좋은 것이다.

단, 실망하지 전까지만.

영원히 그 결과를 알 수 없는 기대가 있다면

그것의 이름은 유일한 희망일 것이다.

회상

대학 시절 수업을 마치면 기숙사 침대에 누워서 천장을 바라보는 것이 그 시절 우리가 누리던 가장 호사스러운 일상이었는데, 거의 유일한 친구였던 룸메이트 형이 졸업을 반년 정도 남겨둔 어느 시점에 뜬금없이 묻는 것이 아닌가.

—민준아, 나에게는 꿈이 없어. 나는 뭘 해야 할까.

당시에는 그 말이 너무 맥락도 없이 갑작스레 튀어나온 말이라, 웃음이 터져 나올 뻔도 했으나. 좋아하는 형이니까 참 잘됐으면 하는 사람이니까 무슨 조언이라도 해주고 싶은 마음에 입술을 연신 깨물어댔다. 때마침 정문에서 나눠준 승무원 학원 전단지가 떠올라 불쑥, 그 한마디를 해버리고 말았던 것이다.

—제가 봤을 때 형은 승무원이 딱입니다.
—왜?

—형의 미소는 상대를 굉장히 편안하게 하는 묘한 매력이 있어요.

그날부터 룸메이트 형이 승무원 학원을 다니기 시작하더니, 그것을 기점으로 영어공부와 자기소개서 등 승무원이 되기 위해 갖은 노력을 쏟기 시작했고 나는 그 노력이 혹시라도 성급한 내 말 한마디로 인한 결과일까 봐 조금씩 조바심을 가지게 되었다. 끝내 그해 하반기 신입사원 모집에서 형은 씁쓸한 탈락의 고배를 마셨고 나는 타인의 삶에 괜한 간섭을 한 것은 아닌가 싶어 며칠을 우울한 감상에 젖어야만 했다.

졸업을 하고는 반년 동안 형의 모습을 보지 못했는데 하루는 메시지가 날아온 것이다. 합격을 했다고. 승무원이 되었다고. 나는 몹시 기뻤다. 대학 시절, 첫 번째 책을 출간했을 때 형은 부족한 용돈에도 구태여 읽지도 않을 내 책을 사서 머리맡에 두고 잠을 잤었지. 아직 아무것도 이룬 것이 없다고 마냥 불안해하기만 했던 때, 군데군데 모기 잡은 자국이 남아 있던 기숙사 방에서 향초를 피워놓고 각자의 침상에 누워 저마다의 꿈을 가슴속에 환기시키던 그날이 떠올라서 마냥 기쁘고 그리웠다.

그리곤 빈말이라도 그때 내게 무언가 꿈을 꾸게 해준 너의 한마디가 참 고마웠다는 메시지를 응시하며 한참을 머물러 있었다. 따뜻한 말 한마디를 전하는 일에 그간 너무 인색하게 살아왔던 것은 아닐까. 근거 없는 말이라도 정말로 잘됐으면 하는 마음이 있다면 다정한 말 한마디는 그 자체로 큰 용기가 된다. 말 한마디의 힘은 실로 놀랍다.

생각보다는

이외수 씨가 아침마당에 나와서 그러더군요.
위암으로 위의 대부분을 잘라내었는데도
여전히 배고픔이 느껴지더라고.

그러게요. 인간의 몸은 생각보다 강인한 것 같아요.
동시에 우리의 마음 또한
그리 만만한 존재는 아닐 거예요.
지금 내 속의 사랑이 송두리째 무너져 내렸다 해도
그것이 곧 끝은 아니에요.

사랑은 비 한 방울 내리지 않는
척박한 땅에서 나무를 자라게 하는 것과 같아요.
그것은 기적이 아니라, 믿음이에요.
슬픔을 느낀다는 건
다시 사랑할 수 있다는 가능성 같은 것은 아닐까요.

이가 없으면 잇몸으로 사랑해보는 겁니다.

물론, 자기 자신부터 말이에요.

그런 날

외롭고 그립다는 말로는 부족한 무엇이 있다.
그런 날, 네가 내 곁에 있다면 얼마나 좋을까.

그런 너

있잖아. 무언가에 집중할 때 입술을 씰룩 이는 너를 사랑해. 내게 걸어오면서 세상을 다 가진 듯 미소 짓는 너를 사랑해. 언젠가 눈물로 화장이 다 번진 날에, 아무 말도 없이 내게 기댄 너를 사랑해. 그러니까 오해하지 말고 들어봐요. 네게 빌려준 가디건을 돌려받고 방으로 돌아왔는데 거기서 당신 향기가 나는 거야. 그때 나는 깨닫고야 말았지.

아, 나는 그런 너를 사랑해.

조금만
더 가까이

사람이 사람을 사랑하는 건 정말 자연스럽고 당연한 일인데 그걸 인정해나가는 과정들은 왜 이렇게 벅찰까. 옛날에는 사랑을 할 때 조금 더 과감히 모험을 택했던 것 같은데 말이야. 내가 좋아하면 솔직하게 티를 냈고, 상대가 나를 좋아해주지 않아도 그저 내가 누군가를 좋아하는 마음, 그 자체를 아꼈던 것 같은데.

무엇이 달라진 걸까. 어른이 된다는 건 그런 걸까. 사랑을 하기 전에 지레 겁을 먹게 되고, 그 사람과 나 사이에 존재하는 수많은 실패 요인들을 떠올리고, 혹시나 내 마음을 받아주지 않으면 어쩌지 하고 방어적인 태도를 취하는 거 그게 어른이 되는 걸까. 미리 겁을 먹는 거, 그게 어른스러운 일인 걸까.

사랑에 실패가 어디 있어. 이별한다고 해서 그 모든 감정이 헛수고가 되는 건 아닐 거야. 이루어지지 않는다고 해서 기대했던 꿈들이 마냥 덧없는 시간으로 흩어지는 건 아닐 거야. 옛날엔 참 어른이 되고 싶었는데 그런 게 어른이라면 오래도록 그냥 어린애라도 괜찮아.

갑자기, 날아온 문자 메시지 하나로 기분은 또 왜 이렇게 좋은지. 비가 많이 내렸는데 전화기가 뜨거워질 정도로 통화를 했는데 좀처럼 마음이 식지가 않는 거야. 일부러 집까지 가는 길을 빙 둘러 갔어. 조금 더 오래 그 순간에 머물고 싶었거든. 사랑이라는 거, 뭐라고 딱 정의할 정도로 내가 똑똑한 사람도 아니고 사랑을 잘 안다고 생각하지도 않아.

그냥 뭐, 지칠 때 그 사람을 생각하면 조금 더 힘이 나고, 같이 대화하고 있으면 서로만이 알 수 있는 미묘한 감정의 온도를 느끼고 떨어져 있어도 불안하지 않고 뭐 그런 게 사랑이 아닐까. 눈이 마주쳤을 때 입술을 마주하고 싶은 그런 거. 그러니까 조금 더 다가갈 수밖에 없는 거.

생각이
나서

—왜 연락했어?

—그냥, 생각이 나서 연락했어. 생각이 나는데 뚜렷한 이유가 있는 건 아니잖아.

—항상 그런 식이야. 너는 이유 없이 한 연락이겠지만 나는 그것 때문에 생각이 너무 많아진다구.

—누가 마음을 미리 정해두고 사람을 만나니. 나로서는 이게 최선인데 너는 매번 내게 당장 답을 내놓으라고 하잖아.

—이기적이야. 너만 힘들다고 생각하지 마. 두려운 건 다 똑같으니까.

—…….

예정에
없던 일

오늘은 당신이 선물해준 화분에 물을 주다가 눈가에 눈물이 맺혔습니다. 그대가 나를 울리는 이유는 아무래도 화분에 물을 주듯, 어엿한 꽃이 되었으면 하는 바람인가요. 비를 맞았습니다. 예정에 없던 일이지요. 온통 젖어버리고 말았습니다. 심지어는 아끼는 수첩까지도 말이에요. 종이가 울고 저 또한 온종일 울어야 했습니다. 볕이 잘 드는 창가에 널어두었거늘 이미 글자들은 먹먹하게 번지고 말았더군요.

공교롭게도 시간조차 해결할 수 없는 일이 있더군요. 당신이 나를 떠나갔습니다. 절대로 예기치 못했던 일이지요. 이제는 함부로 꽃을 꺾지 않겠다는 다짐을 합니다. 어찌하여 피어났는지 알게 되었으니까요.

시간적으로나
순서상으로
맨 앞

인생의 가치관 중에 사랑이 맨 앞에 있어요.

시간적으로나 순서상으로 가장 먼저인 셈이에요.

그리고 그 사랑이 틀리지 않았다는 걸

증명해준 사람이 당신이에요.

결과가 어찌됐든 서로 사랑했든 아니었든.

점

이번 생, 인간으로 태어난 우리들은 첫 울음을 터뜨린 순간부터 다시 한번 서서히 태어난다. 그리하여, 지나온 눈물들의 의미를 생각하기 시작하면서 천천히 부서지는 중이다. 사람은 여러 번 다시 태어난다. 인생이 갖은 이유로 부서지는 것처럼.

이따금씩 이유 없이 무언가에 짓눌려야 했고 때로는 가슴이 너무 공허하여 말문이 막히는 날도 허다했다. 안정이란 감정이 어디선가 길을 잃은 것은 아닐까, 골목 너머로 떨면서 마중을 나가다가, 아차차 실은 그것은 기약 없는 기다림과 같다는 생각에 빈손으로 돌아와야만 했다.

서툴고 주춤거리는 일은 살아오면서 이미 지독하게도 많이 겪었거늘, 좀처럼 다그칠 수가 없다. 누구나 그렇다는 말로는 충분한 위로가 되지 않는 나이가 되자, 나는 다음을 기약해보기로 한 것이다. 다음 생에 나는 일몰로 태어나기를, 오지 않는 당신은 파도처럼 부서지기를. 우리들은 서서히 포개어진다. 하나의 선으로. 하나의 점으로.

환절기

너는 내 마음을 그냥 한번 툭, 건드렸을 뿐인데

나는 몇 번의 계절 동안 여전히 흔들리는 중이야.

입술

입술을 맞출 땐 눈을 감아야 하는 법
그러니 겉모습 보다 전해져오는 느낌이
멋진 사람을 만나요.
만약에 생각만큼이나 행동마저
아름다운 사람이라면
온 마음이 부서질 듯 외쳐보는 겁니다.

무려, 당신이 내 사랑이라고.

최선

매 순간에 최선을 다한다는 당신께

나는 무례함을 무릅쓰고 여쭈었던 것이죠.

어찌하여 쉬는 시간만은

최선을 다하지 않는 것인지.

짙은

　　같이 영화를 보고, 서로가 살아온 이야기를 나누고, 나는 너만의 우디 앨런이 되고 너는 내 안의 주인공으로 어엿한 입술을 맞추고, 함께 샤워를 하고 잠을 청하고, 잠시 동안 부둥켜안은 상태로 아무것도 하지 않고, 몇 번의 고비는 확인이 아닌 확신으로 다가와서는 기약 없이 마음을 허락해보고, 계획 없는 여행을 떠나 이름 모를 눈물을 나누고, 기대하던 전시를 관람하고, 예정에 없던 빗속을 거닐다가 시간을 외면한 채로 서로를 응시하곤 하는 우리는, 생각은 깊게 외로움은 넓게 그러므로 조금씩 짙게 바야흐로 그렇게.

사랑의
공식

사랑의 공식은 간단하다.

애정과 진심 그리고 타이밍

이 세 가지면 충분하다.

그러나 그것으로부터

답을 이끌어내는 것이 쉽지만은 않다.

언제나 가장 당연한 것들이 가장 어려운 법,

애정과 진심 그리고 타이밍을

동시에 만족시킬 확률은 기적에 가깝다.

한번 기적을 경험하였거나 경험 중에 있는 사람들은

그것이 얼마나 소중한 것인지에 대해

심사숙고해볼 필요가 있다.

어쩌면 마지막일 수도 있기 때문이다.

작가의
하루

별다른 약속이 없으면 조금 늦게 일어나. 열 시 즈음 기지개를 켜고 커피 물을 올리지. 창문을 열고 향초를 한 번 켜. 다닥다닥 나무 타 들어가는 소리가 나서 기분이 좋거든, 가끔은 빗소리 같기도 해. 커피가 내려지면 한 모금 머금고 생각에 잠겨. 그렇게 잠시 아주 잠시 가만히 아무것도 하지 않고 있는 거야. 시간이야 흘러가든 말든. 그럼 어느새 햇살이 한창이지.

수도관 공사 때문에 집에 들른 배관공 아저씨에게 냉커피 한 잔을 타드리고는 나는 다시 가만히 아무것도 하지 않고 앉아 있어. 그럼 아저씨가 묻곤 하는 거야. 뭐 하는 사람이냐고. 무슨 일을 하냐고. 나는 그 순간, 엄청난 호기심에 사로잡혀. 글쎄, 내가 무슨 일을 하는 사람이지!? 그것이야 말로 내가 찾던 물음인 모양이야. 일단은 그냥 백수라고 했어. 왜냐하면 거울 속에 내 모습이 딱, 백수 꼴이었거든.

지난밤 온라인 계정으로 도착한 메시지를 확인하는데 이름 모를 이로부터 편지가 날아온 거야. 아마도, 대학교에서 몇 번 같이 수업을 들었던 학생이었나 봐. 항상 모서리 쪽에 앉아서 멍하니 어떤 곳을 응시하고 있는 내가 참 신기해 보였다고. 매번 혼자 밥을 먹고, 혼자 수업을 듣고, 혼자 무슨 생각에 잠겨 있는 나를 보면서 매력을 느끼기도 했지만 또 조금은 안쓰러운 생각이 들기도 했다고.

맞아. 나에게는 절대적인 혼자만의 시간이 필요해. 혼자 밥을 먹는 건 너무 즐거워. 혼자 공상에 잠길 때 나는 너무 신이 나고 행복해. 그런데, 그 시간을 인정해줄 사람은 많지가 않아. 그래서 분명 외로울 수밖엔 없는 거거든. 외로움으로부터 벗어날 방법 같은 건 없어 특히나 글을 쓰는 일을 할 때는 말이야. 원하는 감정의 깊이까지 내려가기 위해선 무슨 일이든 해야만 해. 나를 항상 내몰아가야 하고 무엇보다 나열된 마침표들 사이에 담고자 하는 의미를 부여해야만 해. 때로는 예쁘게 또 때로는 지나치게 건조한 어투로.

이런 저런 생각을 하다 보면 어느새 저녁이야. 나는 그럼 운동복을 입고 산책로를 달려. 이어폰에서 흘러나오는 음악은 언

제나 일정해. 비가 와도 달리고 그냥 일단 달려보는 거야. 땀에
젖는 거나 비에 젖는 거나 실은 뭐 그게 그거라고 생각하면 그
뿐이야. 그렇게 체력을 다 소진시킨 후에 내가 하는 일은 여백
과 마주하는 거야. 드디어 올 것이 온 거야. 새벽의 이 고독함을
위해서 나의 온 하루가 존재하고야 마는 거지.

  하루 네 잔의 커피를 마시고 살짝 익힌 두부를 좋아해. 작가
의 하루는 뭐 별거 없어. 다들 그렇게 살아가잖아. 때로는 낭만
적이게 허나 어떤 때는 사무실의 보고서들보다 더 딱딱하게 이
루어져 있는 것 같아. 이런 나를 좋아해줄 사람이 어딘가에 있
을까. 오늘은 마트에서 이유 없이 피망들을 구경해봤어. 괜히
눈길이 갔어. 어쩌면 관심이라는 거, 굳이 이유가 있어서 그런
건 아니라는 생각이 들었어. 그래서 제일 마음에 드는 녀석을
데려와서는 텅 빈 화분에 심고 물을 줬어. 혹시나 해서. 혹시나,
뿌리가 자랄까 봐서.

작가의 하루는 뭐 별거 없어. 다들 그렇게 살아가잖아.

대화

문학과 영화를 사랑하는 사람들과 하루 온종일 글이나 작품에 대해서 이야기하고 싶다. 무엇에도 구애받지 않고 자유롭게 자기 취향을 드러내면서 서로의 가치에 끄덕끄덕 귀를 기울여주는 시간이 그립다. 어쩌면 제대로 그것을 경험해본 것은 극히 드물거나 아예 없을지도 모르겠으나, 지금 내 머릿속에 존재하고 있는 그 이미지들은 내가 그토록 고대하던 것들이 분명하다. 어떤 의미에서 내게 '대화'란 그런 것이다. 단순히 정보 전달이 아니라, 서로의 가치를 나누는 일. 허나 요즘은 도통 말을 하지 않고 산다. 피상적인 대화들은 그저 따분하여 나를 금방 지치게 만든다. 의미 없는 나열, 쓸모없는 가십거리들을 듣고 있으면 마치 태엽이 풀려버린 시계처럼 온몸에 갈증이 찾아온다.

슬픔에
잠긴 날이면

슬픔에 잠긴 날이면 꽃을 사는 버릇이 있어요. 오늘도 그런 날이었던 모양이에요. 그냥 기분 따라 이름도 뜻도 모르는 꽃 한 다발을 사서 조용한 카페에서 커피 한 잔을 마셨지 뭐예요. 이유는 모르겠지만 기다리는 사람이 있는 것처럼 행동하고 말았어요. 아마, 꽃을 실망시키기가 싫었던 것일지도 몰라요.

집으로 돌아오는 길에는 이 꽃내음을 맡아줄 대상이 있으면 좋을 텐데, 하고 문득 미안한 생각이 들었어요. 하필이면 나에게 선택받은 것이 원망스럽진 않을까 하고 괜히 미안한 기분이 들었던 모양이에요. 해서 나는 꽃잎을 강가에 흩뿌려놓았어요.

인연이 닿는 곳까지 흘러가길 바라면서 마지못해 놓아주었죠. 익숙한 정류장을 지나 이제는 권태롭기까지 한 계단을 올라, 빈손으로 차가운 현관문을 열어요. 방안이 온통 꽃향기로 가득해요. 아, 향기로워라. 여기에 가득 차 있는 것이 내 슬픔의 향인가 봐요. 공기를 꽉 움켜쥐면 눈물 한 방울이 고일 듯한 밤이에요.

자그마치

　　사람의 마음이란 도대체 어떤 것일까. 아니, 사람이란 무엇으로 이루어져 있을까. 기껏 해봐야 인체를 이루고 있는 것이라곤 산소, 탄소, 수소와 같은 원소들이 대부분인데 공교롭게도 그것들을 똑같이 모아둔다고 해서 사람이 되지는 않는다. 하물며 사람의 마음이란 무엇으로 이루어져 있을지. 유독 정갈한 발음의 목적지가 되어 하염없이 웃고 떠들 수 있었던 그때 그 순간들, 바라건대 당신은 언제나 아름답기를. 자그마치 수백 잔의 커피를 마시고, 수천 번의 대화를 나누고, 셀 수 없는 문자를 주고받았던 잊을 수가 없는 일련의 기억들. 바라건대 더는 아프지 않기를, 너에게 기대어 콧노래를 흥얼거리던 여름 밤, 어느새 두 볼이 노을처럼 붉게 상기되곤 했던 싱그러운 마음들마저도. 바라건대 당신은 오래도록 아름답기를.

같은
이유

　—같은 이유로 헤어지고 같은 이유로 끌리게 되겠지.

　영화를 보다가 문득, 네 생각이 났는데 연락을 하려고 한참
동안 휴대폰을 들여다보다 그냥 하지 않기로 했어. 가슴 아픈
대사 한 줄처럼 우리는 같은 이유로 끝이 나고 또 같은 이유로
서로에게 끌리게 될 테니까.

**그리움의
어원**

사랑은 생각의 옛말이지요.

당신을 생각합니다.

꽤나 예전에 당신을 사랑했던 것처럼.

그러나 반드시

찰나

짧은 순간을 살았어요. 허나 영원이 곧 순간임을 깨달아요. 육체는 지나가는 옅은 바람에 지나지 않는 걸요. 진심은 시간에 쫓기지 않아요. 하여 그 순간에 내가 살았다면 전해져야 할 것은 마땅히 전해질 거예요. 사랑만 하다가 죽음에 이르는 존재들이 있을까요. 죽어도 좋으니까 내가 흩어져버려도 좋으니까. 사랑만 하다가 져버려도 후회하지 않는 것들이 있을까요. 모든 꽃은 지기 마련이지요. 무채색으로 번지곤 하지요. 사랑만 하다 죽음에 이르는 존재들. 떨어진 꽃잎에도 향기가 있다면 가슴으로 기억할 거예요. 신음하는 나의 세월이 마냥 의미 없는 순간은 아니기를 바라면서 나 오늘도 하염없이 짧은 그 순간을 살았어요.

우리가
열차를 타야 하는
이유

　　'리스본 행 야간열차'라는 작품은 책보다 영화를 통해 먼저 접했다. 내 경험으로 미루어 보아, 소설을 각색한 영화 중 몇 안되는 좋은 작품이라는 생각이 든다. 특히나 혼자서 체스를 두고 집을 나서는 오프닝 시퀀스는 몇 번을 되돌려 볼만큼 경이로웠다. 별다를 것 없는 삶이 마침내 운명적 전환점을 맞이하게 되는 순간, 그것을 어쩌면 그리도 침착하게 다룰 수 있을까. 영화는 결말로 이르기까지 빈틈없는 잔잔함 속 특별함으로 가득 차 있다.

　　인생의 진정한 감독은 사고다.

　　나는 처음 이 대사를 보고 사고가 생각을 하는 사고思考인 줄로 알았으나 한참이나 지난 시점에서 그것이 실은 사고Accident, 돌발적인 우연을 말하고 있음을 깨닫게 되었다. 어쩌면 정말로 그럴지도, 우리 삶의 극적인 순간들은 우연을 가장

한 필연이 아니라, 정말로 필연을 가장한 우연인지도 모른다.

지난 5월 달에 서점에서 그녀와 우연히 마주쳤다. 책을 고르다가 누군가와 어깨를 부딪쳤고 미안하다고 사과를 하는데 그곳에 헤어진 연인이 있었다. 그 사실을 누가 담담히 받아들일수 있으랴. 우연이든 운명이든 그런 건 중요하지 않았다. 그녀는 내가 마주친 어떠한 우연보다 소중한 것이다. 예정에 없던 사랑, 예정에 없던 이별, 그녀와 겪은 우연은 내 인생에서 가장 영롱한 비밀이다. 그녀는 내게, 글은 잘 써지는지 건강은 좀 어떤지. 그간 물어보지 못했던 질문들을 한꺼번에 물었고 나는 당황하여 그저 머리를 긁적일 뿐이었다.

나는 이제 괜찮다고 했다. '이제는 괜찮다' 그 짧은 한마디에는 수많은 감정들이 담겨져 있다. 하고 싶은 말이 정말 많았는데, 막상 마주치니 그 말들이 좀처럼 떠오르지 않았다. 나는 이제 괜찮다고만 말했다. 우리는 합정역 근처에 있던 음식집에서함께 저녁을 먹고 간단히 맥주 한잔을 마셨다. 오랜만에 무거운 감정들은 내려놓고 마냥 처음 만난 그때처럼 시시콜콜한 대화들을 주고받았다. 함께 유럽여행을 할 때 예정에 없던 열차에 올라 걱정과 설렘으로 두근거리던 서로의 눈빛이 떠올랐다.

서로의 표정을 따라 하면서 조금씩 닮아가는 모습을 통해 알 수 없는 안도감을 느꼈던 순간들, 우리의 시작도 마지막도 결국에 그 모든 것은 아주 짧은 우연함에서 비롯되었지.

　　그녀를 집까지 바래다주면서 지난번에 아무 말도 없이 떠나보낼 수밖에 없었던 그 뒷모습이 떠올라 이번엔 짧은 입맞춤을 나누었다. 그때야 비로소 정말 괜찮을 수가 있었다. 그 고요한 입맞춤에 그리운 호흡 속에는 수백 마디의 말로도 전할 수 없는 찬란한 사랑의 비밀이 담겨 있었다. 우리는 아무 말도 하지 않았지만 깨닫고 있었다. 우리 사이에 그 황홀한 침묵만큼 완벽한 표현도 없다는 것을. 고요했지만 충만했다. 그것이 우리의 진정한 사랑 그리고 이별이었다.

　　그날, 우리는 웃으면서 헤어졌다. 잠 못 이룬 채 서로를 생각했던, 너무 소중하여 감히 어루만지는 것만으로 세상의 모든 것을 다 가진 것 같았던 시간들이 우리를 휘감고 축복해주었다. 이별할 때 사람들은 사랑이 얼마나 가슴 아픈 일인가에 대해 생각한다. 사랑에 빠진 순간, 이 세상이 얼마나 찬란했는지에 대해선 금방 잊어버린 채. 사랑에 결과가 전부라면 모든 사랑은 새드엔딩일 터. 결국엔 끝을 넘어서는 것이 사랑이 아닐까. 분명히 사랑을 할 때 우리는 아름다웠다. 진실로 서로를 대했고 짧은 순간이었지만 서로는 상대에게 모든 것이었다. 결과가 끝내 이별이라 하여도 사랑했던 그날의 우리가 거짓이 되는 것은 아니다.

그녀와 나는 악수를 청하고 부둥켜안고 마지막 호흡을 나누는 것으로 내내 글썽이던 진심들을 다독였다. 거짓으로 사랑을 말하지 않았고 거짓으로 이별을 고하지 않았다. 시간의 틈 속에서 우리는 영원히 지지 않을 여운으로 서로의 가슴에 피어 있다. 사랑은 지워지지 않는다. 기억 속에 스며들 뿐이다. 우리들은 사랑하였고 이별하였다. 부끄러운 일이 아니다. 한 순간을 위해 내가 가진 모든 것을 다 바칠 수 있는 경험은 사랑이 아니라면 결코 느낄 수 없는 것이니까. 세상의 모든 꽃을 다 꺾는다고 할지라도 봄이 오는 것을 막을 수는 없다. 사랑은 그런 것이다.

이별할 때 사람들은 사랑이 얼마나 가슴 아픈 일인가에 대해 생각한다. 사랑에 빠진 순간, 이 세상이 얼마나 찬란했는지에 대해선 금방 잊어버린 채.

슬픔아
잦아들어라

있잖아. 이리 와서 나랑 입술을 맞추자. 호흡을 나누면서 잠시 동안 그렇게 있자. 오늘도 거친 시간을 지나 왔구나. 꽤나 녹록치 않아 서글펐구나. 슬픔아 잦아들어라 슬픔아 잦아들어라. 온기가 스며있는 깊은 한숨을 주고받으면서 입술을 맞추자. 잠시 동안은 그렇게 있자. 뜨거운 침묵을 나누면서 아주 잠깐이라도 그냥 그렇게 있자. 아무 말도 하지 않고 있는 그대로 고요한 분위기에 기대어 마냥 그리운 호흡을 나누자.

사랑은
다시
발명되어야 한다

가슴 속에 담아두고 살아가는 문장이 있습니다.
—°사랑은 다시 발명되어야 한다.

한때는 사랑이 두근거리는 마음이라고 생각했었고 한때는
사랑이 어떠한 동요도 없는 굳건한 믿음이라 생각했습니다. 어
느 날은 사랑이 자연스럽게 허리를 굽히는 들판의 풀잎소리처
럼 느껴지다가 어느 날, 사랑은 외면할 수 없는 갈증과도 같았
습니다. 가끔씩 사랑은 달콤한 유혹이었고 때로는 사랑이야 말
로 완벽한 오해이기도 했습니다. 몇 해 전에 사랑은 내가 걸어
야 할 유일한 길이었으며 가끔 현실에서 사랑은 익숙하게 중얼
거리는 혼잣말이기도 했지요. 나에게 사랑은 유행가 가사처럼
진부한 선율로 다가왔지만 어쩌면 사랑은 내 심장에서 가장 먼
외딴 섬과도 같았습니다. 오늘 사랑은 내가 가지지 못한 유일
한 것이지만 이듬해에는 부디, 그 사랑만이 내가 가지고 있는
유일한 것이 되었으면 하고 바라봅니다. 한때는 또 어느 날은

부디 사랑만이 나의 모든 것이었으면 하고 가슴속에 조그맣게
읊조리곤 합니다.

°랭보의 시.

행복이란
그런 거니까요

옷의 가격이 아니라 그것이 내 몸에 맞는지가 중요해요. 가방 브랜드가 아니라 그 속에 무슨 책이 들었는지가 중요한 것처럼. 차의 종류가 아니라 그 사람의 운전하는 습관이 중요한 거잖아요. 회사의 이름이 아니라 일을 하는 사람의 마음가짐이 중요하듯이 말이에요. 값비싼 해외여행 이전에 집 근처 작은 공원에 앉아 지는 노을을 느끼는 것이 먼저고 집의 크기가 아니라 그 속에 사는 사람들이 서로를 얼마나 사랑하는지가 중요하다고 생각해요. 생김새가 아니라 생각이 중요한 것처럼. 나와 그의 사회적 위치가 아니라 마음의 위치가 중요하듯이. 겉보단 알맹이가 진실한 삶을 살아야 하지 않겠어요? 행복이란 그런 거니까요.

상처

　하루는 그냥 멍하니 내 상처를 바라만 본 날이 있었다. 이유는 없이, 그다지 아프지도 않는데 남아있는 옅은 흉터를 바라본 날이 있었다. 이제는 어떤 이유로 아팠었는지, 그 아픔은 어떤 느낌이었는지 채 기억도 나지 않는 상처에 오랫동안 머물러 있어야 했다. 실은 가슴 속 깊은 곳에 존재하는 상처는 결코 아물지 않는 것이 아닐까. 시간으로도 해결할 수 없는 것들이 세상에는 생각보다 많이 존재하는 것은 아닐까. 의지로 상처를 치유할 수 있다는 생각은 이미 부질없는 것이란 것을 깨달은 어느 날부터 그것을 낫게 하는 것보다 처음부터 상처 입지 않으려고 갖은 애를 쓰게 되었다.

　지나치게 자기 방어적으로 변해간다. 모두가 그렇게, 겁이란 온실 속에서 계절에게 등을 돌린다. 어른이 된다는 건 순수함을 잃는다기보단 순수함이 두려워지는 것은 아닐는지. 다들 그렇게 살아간다. 언제나 행복해야 한다는 지나친 강박에 시달리면서 아니러니하게도 좀처럼 그것들에 대한 기대는 작아져간다. 맥락 없는 그리움들이 서글픈 푸념을 늘어놓으면 쓴웃음과 함께 얼른 화제를 돌리는 것으로 위안을 삼는다. 어쩌면 살아가는 일은 영영 아물지 않는 그리움과 같은 건지도.

어쩌면 살아가는 일은

영영 아물지 않는 그리움과 같은 건지도.

슬픔의
원동력

슬픔의 가장 큰 원동력이 무엇인지 아니?

그것은 결코 울지 않는 거란다.

사실 감정에게는 등을 돌리는 게 아니야.

서로에게 살며시 기대는 거지.

힘들고 지칠 땐 울어도 괜찮아.

결국에 너를 이해하는 것은

그 조용한 눈물 한 방울이 전부란다.

사서
고생

　　사서 고생하라는 말. 모든 경험과 이해로 견주어보아 가장 무책임한 말. 관계에 있어서도 일에 있어서도 사랑에 있어서도 사서 고생하게 되는 순간에 이후 일어나는 모든 책임들은 누구의 것도 아닌, 그저 내가 감당해야 할 당연한 몫이 되어버린다. 아픔을 그저 당연한 숙명처럼 받아들이게 될 때 인간은 환경에 묵묵히 순응하게 된다. 사서 고생하라는 말은 인간을 현실의 노예로 만들기 위한 달콤한 거짓말. 경험하는 것과 사서 고생하는 것은 다르다. 성장에 필요한 것은 경험하는 일이지 사서 고생하는 일은 아니다.

이해의
언어

말이 무서운 이유는 단순히 말로 그치지 않기 때문이다. 그런 면에서 침묵이란 도구는 꽤나 유용하다. 사람들은 서로를 이해하려 갖은 애를 쓰지만 결국에 그것은 각자의 주관에 의존할 수밖에 없기 때문에 완전하지 않다. 이해란 것은 어디까지나 미완성의 언어다. 혼자서는 결코 완결에 이르지 못한다.

눈빛이 무서운 이유는 단순히 눈빛으로 끝나지 않기 때문이다. 그런 면에서 눈을 감는 일은 밥을 먹는 일만큼이나 중요하다. 타인의 시선으로 나를 평가하는 행위는 자신을 사랑하지 못한 죄책감에 지나지 않는다. 스스로를 사랑하는 사람이 되려면 나 이외의 눈빛들은 과감히 소등할 줄 알아야 한다. 희망의 빛은 언제나 마주 보는 거울 속에 있다.

명품

명품 가방이 참 잘 어울리는 사람이 있는 반면에 온몸에 명품들을 휘감아도 참 가벼워 보이는 사람이 있다. 그러한 모순에 관하여 생각하고 있자면 자연스레 행하는 이의 본질에 관한 물음이 생길 수밖에는 없는 것이다. 과연 나는 명품에 어울릴 만한 기품을 지니고 있는가? 결국엔 내가 소유한 것보다 나라는 사람 자체가 내 인상을 결정하는 결정적 요소가 된다. 아무리 값비싼 옷을 걸쳐도 나의 생각, 태도, 관념이 저급하면 그것은 탐욕과 낭비일 뿐, 고급스러움은 아니다. 결국에 자신의 가치는 가진 것이 아니라 살아가는 태도로 정해지는 것이다.

때문에 처음부터 명품인 것은 그 어디에도 없으며 처음부터 싸구려인 인생 또한 존재하지 않는다. 당당한 것과 무례한 것은 다르며 개인주의와 이기주의는 다르다. 친절함과 나약함은 구별되고 자기 마음대로 행동하는 것과 자기 자신으로 존재하는 일은 다르다. 내면의 가치는 의식이 아닌, 무의식을 통해 더욱 진솔하게 드러난다. 삶에 대한 태도가 올곧은 사람들은 실은 좋은 기회와 관계를 자연스레 쌓아가는 것과 다름없다. 우리는 명품을 가지기 위해 살아야 하는 것이 아니라, 나의 삶 자체가 명품이 되도록 살아야 한다.

소설의
끝

　　장편소설을 써 내려가는 일은 어렵고 복잡한 일이
다. 구체적인 인물 구성, 전체적인 플롯, 일관된 문체와 생동감
·있는 묘사들이 좋은 합을 이루어야 한다. 시가 집약된 감정의
단상이라고 한다면 소설은 한정된 시간 속의 총괄이라고 할 수
있다. 무엇보다 그 속엔 영화에서처럼 장면을 구성하고 있는
미장센들이 있어야 한다. 작은 요소 요소들이 모여서 하나의
장면이 되고 각각의 장면들은 짧은 이야기를 곧이어 그 짧은 이
야기들은 곧 한 편의 소설이 된다.

　어찌 보면 소설을 쓰는 일은, 또 한 번의 인생을 사는 것과
도 같다. 막히는 문장을 해결하기 위해 갖은 노력을 하기도 하
고 이게 아니다 싶을 때는 과감히 써왔던 것들을 지우고 처음으
로 되돌아가야만 한다. 그렇게 후회를 반복하고, 실수들을 수
정해 나아가면서 한 권의 소설은 완성되어간다. 결국 소설가는
그 이야기 속의 절대자가 아니라, 또 한 명의 방황하는 인물일

뿐이다. 나는 처음에 분명한 주제와 결말을 정해놓고 이야기를 써 내려갔지만, 그 과정에서 내 마음대로 되는 일은 하나도 없었다. 처음 편집자 분께 소설 시선의 원고를 보여드리면서 "아주 어둡고 냉소한 결말일 거예요."라고 말했던 기억이 있다.

그럼에도 결말은 바뀌었다. 등장인물들로부터 수없이 설득당했고 이야기를 쓰는 동안 내게 일어나는 감정의 변화는 언제나 예상 밖의 결론을 내어놓았다. 우리의 인생도 마찬가지 아니던가. 소설 속 이야기처럼 정해진 것은 아무것도 없다. 정해진 것이 없다는 것, 그것은 애석하지만 동시에 즐거운 일이다. 막연하다는 것은 무엇도 결정되지 않았다는 것, 불안함이 찾아올 때면 나라는 이유로 인해 아름다워질 수많은 사실들을 생각하면 된다. 내 인생의 °모든 것은 타인의 판단이 아닌 그 자체로 아름다운 법이니까.

책이 출간되기 전이면 늘 이름 모를 압박감을 느끼게 되는데, 그때마다 여행을 떠난다. 진부한 삶의 틀로부터 잠시 멀어져서는 낯선 곳에 유유히 몸과 마음을 허락해본다. 이제 소설 속의 이야기는 끝이 나버렸는데, 내 삶은 또 어떤 드러나지 않은 여정으로 나아가야 할는지, 언제나 하나의 작품을 완성하고 나면 막연한 두려움이 나를 엄습해오곤 한다. 그럼에도 다음 순간을 이미 알지 못하기 때문에 지금 이 순간은 소중한 것이다. 삶은 늘, 계획한 대로 진행되는 법이 없지만 그리하여 살아볼 만한 가치가 있다. 오늘 하루에도 생각지 못한 새로운 일들이 벌어진다는 건, 인생의 정말 멋진 면이다.

결국에 소설은 삶과 별반 다를 것이 없다. 우발적인 사건과 스스로 제어할 수 없는 시간의 흐름 속에서 일어나는 시대와 개인의 경험담일 뿐이다. 기존의 형식들을 무시해도 괜찮다. 관습에 대항해도 문제될 것은 없다. 스스로를 소외시키지 않으면서 타인에게 해를 가하지만 않는다면 그곳에서 무슨 일이 일어나든 나를 탓할 수 있는 사람은 존재하지 않는다.

° 영화 '버드맨'.

삶은 늘, 계획한 대로 진행되는 법이 없지만 그리하여 살아볼 만한 가치가 있다. 오늘 하루에도 생각지 못한 새로운 일들이 벌어진다는 건, 인생의 정말 멋진 면이다.

오늘
하루는

　　오늘 하루는 그 사람이 되어보기로 했어요. 그가 가는 곳을 향하고 그이의 습관을 고스란히 따라하고 그 친구가 세상을 바라보는 방식으로 시간을 보내기로 작정한 거예요. 그의 걸음걸이로 문 밖을 나서며 버스를 기다리는 동안 그 사람의 말투로 혼잣말을 중얼거렸어요. 버스가 왔고 이윽고 문이 열렸는데 나는 그것이 그 사람의 마음이라면 얼마나 좋을까 하고 생각했어요. 그의 속내를 나는 도저히 알아차릴 방도가 없으니까요. 요금을 내고 맨 앞자리에 앉아 창밖을 바라봤어요. 그가 참 좋아하는 자리예요.

　이맘때쯤 그가 하고 있을 생각은 무엇일까 고민을 하다가 아차, 나는 그만 눈물을 흘리고 말았어요. 창밖으로 스며들어온 햇볕 때문은 아니었어요. 그냥, 그런 생각이 들었던 거예요. 많이 외로웠겠구나. 당신은 나에게 당신으로 존재하는 동안 이렇게나 많은 외로운 시간 속에 살았구나. 가슴이 철렁 내려앉아요.

　내가 사랑하는 사람으로 살아가는 일이 이토록 외로운 일이
었다면은 나는 그 사람을 사랑하지 않았을 텐데. 사랑이라는
이유로 이렇게나 큰 짐을 지우고 있단 걸 조금만 일찍 깨달았더
라면 나는 그렇게 아픈 말을 뱉지는 않았을 텐데. 언제나 사랑
이라는 이유로, 늘, 사랑한다는 핑계로 당신을 아프게 했던 모
양입니다. 이제 조금은 알 것도 같네요. 당신이 나를 떠난 이유
를, 우리가 서로를 지나친 이유를.

우리가
사랑하는 동안에

사랑하는 동안에 상대의 외로움을 모른 척하지 않는 것, 그것은 의무야. 상대의 눈물을 그냥 지나치지 않는 것, 해결해 주진 못하겠지만 같이 공감해주는 것은 중요해. 그가 나로 인해 서운한 하루를 보내고 있는 것은 아닌지, 사랑하는 동안에는 생각이 날 때마다 생각이 난다고 말해주어야 해. 사랑을 느끼는 것은 뛰어난 감각 때문이 아니야. 그건 더 집중하고 귀를 기울이는 거지.

아련하게

사람의 마음이라는 게, 지는 낙엽만큼이나 가볍게 흩날리는 건 줄은 몰랐던 거지. 그러니까 그건 어쩔 수가 없는 거야. 사랑한다고 말할 때 우리는 피어나는 꽃이었고 지금은 단지 지는 잎사귀일 뿐이지. 누구 한 명의 잘못이라기보다, 그냥 사랑이 원래 그런 것은 아닐까 하는 생각이 들어. 어차피 지나갈 마음이었다면 좋아한다는 말이 무슨 소용이었을까 싶기도 하고. 지금 이 순간에 충실한다는 거, 현재의 내 감정을 있는 그대로 표현한다는 거, 우리는 끝내 알지 못하기 때문에 가능한 거 아닐까. 만약에 결과를 이미 알고 있다면 그런 용기는 가지지 못했을 지도 몰라. 현재는 그렇기 때문에 소중한 거라고 봐. 다음 일은 아무도 모르기 때문에 가능한 일이라고 생각해. 모르는 거야. 사랑은 머물러 있지 않는 거야. 결코 영원할 수 없는 거야. 그렇기 때문에 간절했고 그렇기 때문에 그 사람은 꼭 너여야만 했어.

이유가
있어야 하나요

마음이 적적하여 전화를 걸었는데

이 전화의 이유를 물으신다면

나는 슬픔에 잠길 수밖에는 없잖아요.

우리가 마치 목적이 있어야

연락하는 사이 같잖아요.

인생은
아름다워

어쩌면 네가 기다리는 것은 억지로 만든 조언 같은 게 아니라, 있는 그대로 슬퍼할 여백인 거지. 표현하려면 비어 있어야 해. 침묵만큼 명확한 것이 있을까. 해서 대체로 마지막 말은 생략하는 버릇이 있어. 마지막 말은 늘 마음으로 삼키는 게 나로서는 상대에게 할 수 있는 최선의 이해인 셈이었으니까. 타인으로 존재하는 이상 상대의 근원적인 외로움을 해소해줄 방도는 없는 거야. 그건 누구의 잘못이 아니라, 어쩌면 당연한 일이지. 마음속에 빈 곳이 있기 때문에 관계는 형성되는 거니까. 좋은 관계는 서로가 완벽하지 않은 사람들이란 사실을 전제로 하고 있는 거야.

우리는 완벽하지 않아. 서툰 하루를 보냈니, 그렇다면 너는 제대로 살고 있구나. 인생은 누구에게나 첫 경험이니까. 불안함에 사로잡히는 날이면 우리는 그럴 듯한 인생을 영위하고 있는 셈인 거야. 나름의 기준을 정하고, 그것을 지키려 노력해보다가 가끔씩 일탈을 하고 그로 인한 죄책감에 사로잡히기도 하는 시간들, 살아간다는 것은 그토록 여러 방면으로 나의 현재를 만끽해보는 일이지.

그렇기 때문에 인생은 아름다워. 의식의 흐름처럼 막연히 흘러가지만 나름의 규칙이 있고 감당해야 할 책임이 있기 마련이지. 당신이 경험하고 있는 그 수많은 감정들이 당신을 규명해주고 있어. 좋은 사람이라고, 따뜻한 사람이라고, 유일한 사람이라고. 그렇기 때문에 인생은 아름다운 거야. 아름다운 것들은 이해하지 않아도 괜찮아. 마찬가지로 삶은 이해를 기반으로 이루어진 구성물은 아니니까, 잘 모르더라도 아무것도 잘못된 것은 없는 거란다.

인연

좋은 향기가 나는 사람에게는

괜히 한번 닿아보고 싶습니다.

그 순간을
살았어요

　　―°타오르는 불꽃은 순간이죠. 하지만 그 순간을 살
았어요.

어떤 감정은 우리를 망설이게 한다. 더 나아가기엔 무모해
보이고 되돌아가기엔 너무 멀리 와버렸다고 체념하게 한다. 이
도 저도 아니게 되었을 때, 그 처절한 마음의 귀로에서 우리는
잠시 주춤거리며 균형을 잃는다. 사랑은 미리 예견하는 것은
아니지만, 사랑이 깊어갈수록 되레 혼자가 될 것을 미리 준비하
는 일은 숨길 수가 없다. 아무도 모른다. 이 마음의 끝에는 어떤
결론이 우리를 기다리고 있을지. 사랑은 모순이다.

시간이 지나면 많은 감각은 미묘해진다. 정교했던 외로움이
무뎌지고 그날의 처절했던 눈물들은 출처 없는 감정의 홍수가
된다. 이 순간에 최선을 다한다는 것은 어떤 의미일까. 최소한
그것에 대해 나름의 기준만 있다면 살아가는 수많은 선택의 고

민들은 조금 더 명확해질 것만 같다. 그럼에도 인생이 정처 없이 떠도는 얇은 감각의 표피에 지나지 않는 것은 누구도 그 순간의 의미를 정확히 규정할 수 없는 탓이다.

어쩌면 우리는 삶의 구체적인 맥락을 희망하지만 마지막까지 희미한 기적들에 의존한 채로 살아야만 하는지도 모른다. 어떤 의미에서 그것이 내게 일어났고 어떤 연유로 그 마음은 나를 움직이게 했는지 결코 알 수 없다. 인생은 논리적으로는 감히 계산할 수 없는 헤아릴 수 없을 만큼의 운명과 우연들로 뒤섞여 있으니까.

한때는 많은 것들로 쉽게 물드는 투명한 인간이었으나, 시간이 흘러 그 결론이 너무 짙어 다른 색이 내 안으로 쉽게 스며들 수 없는 원인이 되었다. 한때는 그것이 단단한 마음인 양 기세등등했으나 실은 내 삶이 그렇게 견고한 틀로 이루어져 있는 것이 쉽게 상처받는 스스로에 대한 최소한의 연민임을 깨닫곤 자괴감에 빠지기도 했다. 아마도 그 몇 번의 한때로 인해 나는 감정을 빗대고 은유로 흐리는 것에 익숙해지게 된 모양이다. 한때는 또 한때는 그렇게 순간들이 모여 나는 오늘날에 이르렀다.

확고한 것들이 쉬 날아가버리는 시간들로 인해 사랑한다는 말보다 '너를 위해서라면 나는 아무렇게나 되어도 좋아' 같은 말들에 더욱 신뢰가 갔다. 연고도 없는 외로움에 사무쳐 며칠을 나약한 오해들로 지샐 때면 그냥 사람의 온기가 그리워 어딘가에 닿아 있기를 갈망해보기도 하고. 살아있다는 것은 존재한다는 것은 그만큼이나 실로 엄청난 일이다. 그 모든 감정의 연장선에서 숨 쉴 틈 없이 흩날리며 여기에 오늘의 내가 있다.

순간을 살았다는 것, 우주론적으로 봤을 때 먼지만큼이나 작은 행성에서 한 명의 개체로 수많은 감정에 낱낱이 자신을 대입해보았다는 것, 어쩌면 그것만으로 존재할 만한 이유가 있는 것이다. 이 모든 불안의 여정엔 언제나 '나'라고 하는 유일한 역사가 있었음을. 이유가 있다면 그것은 내가 오롯이 나로 존재하기 위한 것이었을 터. 살아 있다고 하는 것은, 존재하고 있다는 것은 바로 그러한 것이다. 굳어 있지 못하고 어딘가로 흘러가며 서서히 깨달아가는 것이다. 타오르는 불꽃은 순간이었음을, 그 순간 속에서 나는 처음이자 마지막으로 존재하였음을.

°영화 '애프터 미드나잇'.

설명하지
않아도

너랑 가만히 아무 말도 하지 않고 이렇게 앉아 있으면 말이야. 어떤 물음과 대답보다 나를 잘 이해해준다는 느낌이 들어. 실은 침묵이 이렇게나 달콤한 건 줄은 전혀 몰랐거든. 그러다 너와 눈이 마주칠 때면 덜컥 그대로 입을 맞추고 싶기도 해. 무언가를 지긋이 바라보는 네 모습을 보고 있으면 내 마음은 조금 붉게 상기되는 것 같아.

아마 사랑이라고 하는 건, 우리가 생각하는 것과는 다를지도 몰라. 서로에 대한 감정이라는 게 언제 어떻게 변해갈지도 모르고 말이야. 그건 사실 꽤나 불완전한 감정은 아닐까. 헌데, 그건 아무래도 좋아. 내가 좋아하니까. 입술을 마주하고 시간이 멈춰버렸으면 좋겠어. 너를 이루는 모든 실루엣은 나를 도저히 가만두지를 않아. 굳이 설명하지는 않아도 돼. 너로 인해 나는 웃겠지만 나를 웃게 하는 방법에 대해 굳이 너는 몰라도 돼. 어차피 시간은 우리를 가만히 내버려두지 않을 테니까.

성장통

성장이라고 하는 건 과거에 집착하지 않는 것이다. 상황은 매번 계획대로 진행되지 않고 그로 인해 일어나는 크고 작은 역경들 속에서 우리는 불가항력의 좌절을 경험한다. 허나 그것이 우리 앞에 놓인 삶에 아무것도 할 수 없음을 의미하는 것은 아니다. 인간이 불안함을 느끼는 것은 어제와 오늘 사이에서 방황하는 일은 다른 모든 것들과 자신을 구별하게 하는 명백한 근거와도 같다. 예컨대 인간을 제외한 지구상의 어떤 생명체도 '나는 누구인가'에 대한 물음으로 불안을 겪지 않는다. 오직 인간만이 자기 자신과의 갈등을 겪는다. 변화하려 하고, 초월하려 한다. 그러한 점에서 우리는 유일하다. 우리는 이 세계 속의 유일한 부적응자다. 인간이 성장을 하면서 겪는 통증의 상당부분은 왜곡된 자의식에 대항하여 스스로를 찾는 과정에서 일어나는데 그것은 분명, 가치 있는 일이다. 내게 주어진 상황을 극복하려는 태도 속에서 우리는 진정한 자기 자신을 경험하기 때문이다.

성장한다는 것은 흔들리지 않는 단단함만을 의미하는 것은 아니다. 그건 오히려 약간씩 흔들릴 수 있음을 과감히 인정하는 것이다. 흔들리는 자의식만큼 살아 있음에 대한 확실한 근거도 없을 터, 불안함으로 기인하는 오늘의 나는 과거와 미래 사이의 존재하는 유일한 소통방식인 셈이다. 오늘, 우리는 자부심을 가져도 된다.

눈이
내리면

눈이 내리면 따뜻한 방 안에서 피자 한 판을 시키는 거야. 메뉴판을 한참이나 들여다볼 테지만 아마 지난번이랑 똑같을 거야. 좋아하는 영화를 틀어놓고 뒤에서 너를 안아줄 거야. 아끼는 대사가 지나고 나면 네 귀에 대고 한번 더 말해줄 거야.

—You make me want to be a better man.

너는 웃고 분위기를 무르익을 거야. 곧이어 피자 한 조각을 베어 물고 지칠 때까지 사랑하는 거야. 영원히 끝나지 않을 거란 뜻이야.

어항

아마도 그때부터 일 것이다. 내가 빈 어항을 기르게
된 일은. 욕심이 많아서인지, 지나친 연민 때문인지 나는 꼭, 먹
이를 조금씩 많이 줬다. 물도 지나치게 자주 갈아주었다. 어느
날, 평소처럼 아침에 일어나 커피를 수혈하듯 간절하게 들이켜
고 있을 때 차라리 이 순간이 꿈이었으면 좋겠다는 생각을 했
다. 수면 위로 힘없이 떠오른 그 퀭한 눈빛을 잊을 수가 없다.
그날 이후로 내 방에 살아있는 것은 기르지 않기로 했다. 어쩌
면 너에 대한 지나친 관심은 무관심보다 더 혹독한 환경이 아니
었을까. 아이러니하게도 너는 지느러미를 가졌음에도 바다나
강물을 경험해본 적은 없다고 했었지. 정말로 너를 아껴주는
일은 내 곁이 아닌, 네가 있어야 하는 곳에 존재해야 함을 나는
왜 알지 못했던 것일까.

사랑

사랑에 빠진다는 것.

그것은 돌아올 힘을 남겨두지 않고

바다를 향해 헤엄치는 일과도 같다.

감기

　　그렇게 웃지 마요. 좋아한다고 말할 뻔했잖아. 그러니까 옷도 좀 따뜻하게 입고 다니고 괜히 신경 쓰이게 하지 말란 말이에요. 지금도 또! 그렇게 쳐다보지도 말아요. 다른 곳도 좀 봐야 나도 당신을 보잖아. 그래서 영화관을 가는 건 여러모로 좋은 일이에요. 그곳에 가면 당신은 영화를 그리고 나는 그런 당신을 관람해요. 그 시간은 어떤 명장면보다 오래 기억될 것만 같아요. 지난날에 그쪽 옷이 좀 얇은 것 같아서 계속 바람이 오는 쪽으로 서 있었더니, 오늘은 꼬박 하루를 앓아야 했어요. 그래도 참 다행이네요. 감기에는 걸리지 않았다니 말이에요. 아무래도 당신이라는 열병을 앓게 된 것 같은데 짧게 스치는 유행성 독감 같은 건 아니었으면 좋겠어요. 이대로도 좋네요. 조금 어지럽고 가끔은 몹시 아프기도 하겠지만.

타인의
삶

언제부턴가 나는 바깥에 존재해 있다
가령 멈춰버린 마음이 할 수 있는 일이란
내 삶의 중심이 되지 못한 채 주변을 서성이며
스스로를 방관하는 일이 전부이지 않던가

멈춰버린 시계처럼 시간이야 흘러가든 말든
시치미를 뚝 떼는 일이 나로서는 최선이 아니던가

그럼에도 불구하고 고장 난 시계조차
하루 두 번은 바른말을 하건대
나의 삶은 지나치게 타인의 삶
내 것이 아닌 잠시 임대해놓은 적적한 빈 방과 같다

중요한 선택과 결정에 앞서
나를 위한 이유들이 조금씩 배제되어간다

그렇게 우리들은

스스로를 더욱 더 비좁은 공간으로 밀어 넣다가

끝끝내 나로부터의 독립을 선언하기에 이른다

삶의 바깥으로 곤두박질치는 꼴이다

언제부턴가 내가 바깥에 존재해 있다

내게
물으면

　　눈을 감는 날, 삶이 마지막으로 내게 물으면 나는 한
사코 마지못해서가 아니라 분명하게 대답하고 싶은 바람이 있
습니다. 실은 그 물음마저 살아온 짧은 인생 동안 내가 깨달은
바의 일부인 셈일 테지만요. 그것에 대한 나름의 독백으로 흐
릿해져가는 시야를 다독이고 싶을 뿐입니다. 어느 날은 그런
예감이 들었습니다.

　　어쩔 수 없이 외로운 것이구나.

　　누군가에게는 그럴 수도 있고 그 누군가의 누구에겐 아닐 수
도 있지요. 허나 예감은 맞고 틀릴지언정 무의미하진 않습니
다. 그것은 추측이나 경험이 아닌, 심리적인 사실에 입각한 것
이니까요. 그러나 살아가면서 예감 그 너머에 있는 것을 마주
하고 싶습니다. 어쩔 수 없이 외로운 것이구나. 그 예감의 뒤로
'그럼에도'라는 가능성 하나를 열어둘 작정입니다. 앞으로는 그

런 마음가짐으로 살아갈 생각입니다. 어처구니없을지는 모르겠지만 작은 바람에도 쉽게 상처받는 저로서는 그것만이 희망인지도 모르겠습니다.

저 멀리 희미한 불빛을 따라 걸었고 붙잡으려 했지만 결코 닿을 수 없는 간격을 나는 끝내 포기하지는 않았노라고. 그리하여 외로웠지만 분명 혼자는 아니었음을, 내가 살았던 그곳은 모두가 외로웠지만 누구도 혼자는 아니었음을. 삶은 어쩔 수 없이 외로운 것이지만 그럼에도 저 멀리 희미한 불빛이 있어 마냥 쓸쓸하진 않았다고 속삭이고 싶습니다. 모두에게, 저마다의 희미한 불빛이 있었으면 하고 바라봅니다. 그 불빛을 발견했다면 조금 더 다가서 보길 바랍니다. 숨을 헐떡이며 달리는 경주가 아니라, 닿을 순 없어도 결코 나를 외면하지 않는 그 불빛으로 믿음을 가지고 나아가는 삶이기를 희망합니다.

사는 동안 좋은 예감이 들었노라고 그 예감이 틀리지 않았던 모양이라고 가슴을 쓸어 넘기고 싶습니다. 그 작은 희망이 부서지지 않도록 간결하고 담담하게 살아갈 생각입니다. 우리는 모두 잠재적 존재들, 삶의 딜레마에 무뎌지지 않고 그 속에서 단순한 즐거움들을 만끽해볼 노릇입니다.

소등

　　아직 귀가하지 않은 마음이 있는데 어찌하여 편히 잠을 청할 수가 있겠어요. 오늘도 어김없지요. 이번에도 여지없어. 전하지 못한 말들은 생각의 귀로에 걸터앉아 뚫어져라 나를 바라봅니다. 네모난 방은 기억의 캔버스, 그리움이 자화상을 그리고 있네요. 아, 그때 너는 그런 표정을 하고 있었구나.

　　모두가 잠들었다고 해서 파도가 치지 않은 밤이 있을까요. 가지려고 하는 순간 멀어지고 지키려고 하는 순간 어려워지고 말았어요. 이번에도 어김없이, 참 여지없이 침묵에 볼을 부비며 눈물에 잦아드는 우리가 미워요. 많이 아팠지만 공교롭게도 더할 나위 없었던 그날의 우리들.

　　이제는 그만 당신을 소등할 때도 되었는데, 오늘도 어김없이 불현듯 여지없이.

확실함

내가 가진 것
그것이 얼마나 소중한 것이었는지 알기 위해선
단, 한 가지의 방법이면 충분하다.

잃어보면 안다.
그것이 얼마나 값진 것이었는지는
잃어보면 깨닫게 된다.
가장 확실한 깨달음은 잃어버리는 일이다.

마찬가지로 무언가가 끝이 날 때,
우리는 생각한다.
다음번엔 더 잘해야지.
왜 그러한 다짐은 늘, 한 박자 느리게 오는가.

돌아보면 깨달음만큼 놓쳐버린 것들이 많다.

어찌하여 잃어버리지 않고 끝나지 않았을 때는

좀처럼 알 수 없는가.

빗방울

글쎄, 언젠가부터 나는 사랑이 운명적인 폭발 같은 거라고 착각하고 있었는지도 몰라. 그건 매번 다른 모습으로 내게 찾아왔었는데 말이야. 때로는 빗방울 같은 거였어. 우산으로 아무리 가려도 옷깃으로 스며들고 말았지. 조금씩 천천히, 인정하지 않으려 해도 도무지 잦아들지가 않는 그런 감정, 그가 아니면 내 삶이 무너진다는 마음은 아니었어. 그냥 그 사람과 함께라면 내 삶이 조금 더 행복할 것 같은 느낌이었어. 맞아, 어쩌면 정말 빗방울 같은 거였는지도. 빗방울만큼이나 무수히 많은 조각들로 이루어져 있었던 건지도.

내 목소리에
귀를 기울여
달라고

　언젠가 네가 내 곁에 있을 때면 이 자리에서 저기 저 풍경을 보며 말해줄 거야. 그때 거기에서 내가 아직 오지 않은 너를 그리워했다고. 내가 그린 사랑의 자화상은 어설프고 서툴렀지만 그럼에도 불구하고 내게 와주어 참 고맙다고 혼자서 조용히 아직 오지 않은 너를 위해, 분위기를 다독이는 일이 가끔은 미련해 보이기도 했지만 너를 사랑하기 위해서였다면 나는 그마저도 좋다고. 그러니, 지금 이 순간만은 내 목소리에 귀를 기울여달라고.

　더는 망설이지 말자. 사랑이라는 이유로 내 안에 너를 가두지 않을게. 사랑해.

갈증

너무 추운 곳에 머물다 보면
찬물에 머리를 감아도 온기가 느껴질 때가 있다.
나를 보며 무심히 뱉은 너의 한마디는
간혹, 내게 그러한 느낌이었다.

삶이 온통 메말라가는 줄도 모르고
그 순간에는 너의 그 씁쓸한 반응조차
내게는 버리지 못할 고마움이었다.
간혹 후회했지만 되돌릴 수 없었다.

괜한
걱정

　　지나치게 걱정을 많이 하는 성격이다. 한번 시작했다 하면 밑도 끝도 없이 꼬리에 꼬리를 물고 이어진다. 아직 일어나지도 않은 일에 왜 그렇게나 많은 감정을 소모하고 있는 것일까. 가끔은 그것으로 말미암아 애꿎은 핀잔을 듣기도 한다. 그럼에도 걱정스럽기는 마찬가지다. 그것은 전적으로 의지의 문제는 아니기 때문이다.

　　걱정은 스스로 해소될 수 있는 것이 아니라서 걱정스러운 것. 한편으론 세상에 괜한 걱정이 과연 존재하는 것인가에 대해서도 의심해볼 필요가 있진 않을까. 일어나지 않은 무언가를 걱정하는 이유는 정말이지 아직 아무것도 일어나지 않았기 때문이니까. 결국에 걱정하지 않아도 될 이유와 걱정하게 되는 이유는 같은 맥락일 수밖에는 없는 것이다. 미리 걱정한다고 해서 실상, 그것에 올바른 대처를 할 수 있는 것도 아니다. 그럼에도 걱정만큼 완고한 견해들이 있을까. 불면증처럼 벗어나려

할수록 또렷해지고 신경 쓰지 않으려 할수록 더 명료해진다.

걱정은 그런 것이다. 할 수밖에 없는 이유와 하지 않아도 될 이유가 같은 것. 어떤 것은 일어나지 않아서 그렇고 어떤 것들은 이미 일어났기 때문에 그렇다. 어찌 됐든 그건 괜한 것이라고 하기엔 지나치게 선명한 잔해들이다. 오히려 어쩔 수 없는 일에 가깝다. 실제로 걱정이 많은 사람들은 평생 많은 생각과 고민들을 지속하면서 살아가게 된다. 가끔은 지나치게 생각이 많은 탓에, 내 심리상태에 문제가 있다고 자괴감에 빠지고 죄책감을 빠지기도 했었다. 그러나 깊이 들여다보면 단지 생각이 많은 것뿐이다. 사실 그게 큰 문제라고 볼 것도 아니지 않은가.

실제로 전문가들의 견해도 마찬가지다. 생각이 많은 사람들은 그저 뇌를 사용하는 분류체계와 방식이 다른 것뿐이라고 말한다. 통계학적으로도 걱정을 끊지 못하는 수많은 사람들은 오늘도 대부분 평범한 삶을 잘 살아가고 있다. 그러니까 끊임없이 걱정하는 일은 뇌의 구조적 특징 때문이지 현실에 지나친 문제가 있기 때문은 아니라는 뜻이다. 걱정이 많다고 걱정하지 말아야지 하고 다짐하는 일은 무의미하다. 그건 나의 사고방식 자체를 부인하는 일과도 같기 때문이다. 되레, 걱정이 많은 사람들은 걱정을 해야만 온전한 삶을 유지할 수 있다. 중요한 것은 그 걱정들로부터 끊임없이 이어지는 연상들을 잘 소화시키는 일이다.

괜한 걱정, 쓸데없는 걱정은 없다. 생각하고 있는 많은 것들은 때때로 좋은 견해가 되고, 가끔씩 이상적인 판단이 되기도 한다. 절대로 일어나지 않는 일을 상상하는 것도 마찬가지다. 일어나지 않을 일을 머릿속으로 한두 번쯤 흐릿하게나마 경험해보는 것, 그것이야 말로 능력이다.

균형

　—있잖아, 그거 알아?

　—뭐?

　—글쎄 아인슈타인은 자전거를 타면서 삶의 중요한 이치를 깨달았대.

　—어떤 이치? 상대성 이론 같은 거?

　—아니, 움직이지 않으면 결코 균형을 잡을 수 없다는 거.

　그러니까 나아가지 않으면 무너지고 만다는 거. 우리는 계속해서 나아가야 해. 위태로울 때, 어쩌면 우리가 해야 할 일은 멈춰 서는 것이 아니라 꾸준히 페달을 밟는 일이야. 지치더라도 있는 힘껏 한 번 더, 조금만 더.

그런
우리가 될까 봐

이별이란 무엇일까. 작별과는 조금 다른 의미겠지. 그건 멀쩡하게 같은 세상에 존재하지만 우리가 알던 각자의 모습과는 조금 다르게 삶을 살아가는 모습이겠지. 사랑했던 사람이 다른 사람을 사랑하게 되는 모습을 지켜보면서 나 또한 그렇게 새로운 사랑으로 조금씩 그 아픔에 무뎌지는 것이 이별인 걸까. 가끔, 그토록 아끼던 것들이 참 덧없이 흩어져버리는 걸 보면 습하고 눅눅한 억양의 말들이 가슴 한켠을 뿌옇게 흐려놓곤 해. 그 감정이 내 가슴을 온통 가려놓고서 시간이란 이름으로 막연한 위로를 건넬 때 조금씩 새살이 차오르면서 느껴지는 참을 수 없는 가려움이 나는 두려운 거지. 내가 정말로 견딜 수 없는 것은 아무렇지 않게 되는 거야. 그를 떠올려도, 길을 걷다 우연히 마주쳐도 정말이지 아무렇지 않은 내가 되는 거, 그런 우리가 되는 거. 그렇게 다시는 예전의 마음에 대해 어떠한 원인도 근거도 찾을 수 없게 되어버리는 거.

나는
참
가여운 사람

　　나는 참 가여운 사람. 다른 사람들의 고민을 들어주
는 일에는 익숙하지만 스스로의 속앓이는 잘 표현하지 못하는
사람. 나는 참 가여운 사람. 상대가 어떻게 생각할지를 고민하
다가 정작 내가 어떻게 생각하고 있는지는 신경 쓸 겨를이 부족
한 사람. 아, 나는 참 가여운 사람, 시간이 풍족할 땐 경제적 여
유가 없고 경제적 여유가 있을 땐 시간적 여유가 부족한 사람.
아 그래서 나는 가여운 사람. 사랑하고 있지만 용기가 부족한
사람. 이런 나는 참 가여운 사람. 상처받지 않기 위해 적당히 떨
어져 있음을 중요시하는 그런 사람. 나는 가여운 사람.

내려놓는다

사랑하려다 그리워질까 봐 내려놓는다.

그 어쩔 수 없음에 몸부림치다가 이내 내려놓는다.

그 무모함이 결국에 부질없음이 될까 봐 내려놓는다.

당신만은 내 곁에 있기를 원하다가

당신마저 나를 떠나게 될까 봐 내려놓는다.

나는 차마 말없이 내려놓는다.

사랑의 이유를 내려놓으며

이별의 원인을 외면하려 애쓴다.

아무 일도 없다는 듯이

아무 말도 없이 내려놓는다.

멀어져
간다

나이를 한 살 더 먹어갈수록 짧은 시간 작은 부분들로 상대를 그런 사람이구나 하고 지레 짐작하게 된다. 평범하게 사랑하고 싶다고 말하면서 조금씩 원하는 것들이 늘어간다. 그것은 평범하다기보단, 지나치게 이기적으로 변해가는 건지도 모른다. 그렇게 사랑이 진부해져간다. 드라마 대사나 짧은 글귀들에는 공감하면서 정작 주변인들에겐 마음을 닫아간다. 감정의 지나친 오역, 혹은 불필요한 클리셰들이 쌓여갈수록 내 안에 차오르는 뜻 모를 답답함은 거대한 벽이 되어간다. 누군가에게 인정받으려 애쓰는 만큼 스스로를 그리고 서로를 이해하려 노력했다면 사람의 마음이 이리도 가벼워지진 않았을 텐데. 애석하게도 그렇게 멀어져간다.

목적 없는
삶

삶에 군이 확고한 목적이 있어야 할 건 아니라고 봅
니다. 문득, 어딘가로 떠나고 싶어 여행을 택할 때 나는 목적이
없었지만 행복했습니다. 골방에 틀어박혀 좋아하는 책이나 영
화 같은 것들을 보고 있노라면 그 행위에 어떤 분명한 목적이
있던 것도 아닌데 나로서는 그만한 행복감을 경험해본 적도 없
었죠. 실은 궁극의 기쁨이란 목적 없이도 그저 막연한 느낌을
놓치지 않고 행하였을 때 경험할 수 있는 감정은 아닐까요.

저에게는 어렸을 적 잊지 못할 기억이 하나 있습니다. 장래
희망 목록에 영화 속 주인공 이름을 적었다가 혼이 난 것인데,
저로서는 당최 이해를 할 수 없는 꾸지람이었던 것이지요. 그
러니까 나는 포레스트 검프처럼 달리고 싶을 때 달리고 멈춰 서
고 싶을 때 멈추는 사람이 되고 싶었는데, 어찌하여 그들은 내
꿈을 잘못된 것이라 말했을까요.

가을 낙엽이 지는 계절에는 목적 없는 기다림마저 충실한 그리움이 됩니다. 우리가 어디론가 향하는 이유는 오직, 목적지에 도달하기 위해서만은 아닌데 하여 모든 행위들에 구체적인 목표를 정해두고 달릴 이유도 없지요. 그리워하기 좋은 날은 마냥 그리워하는 것으로 충분하고 마음이 허전한 날엔 한 번도 가보지 못한 곳으로 떠나는 것도 충분히 근거 있는 삶인 것입니다.

빼앗지 않고
빼앗기지 않고

진실한 행복은 빼앗을 수 없고

진실된 행복은 결코 빼앗기지 않는다.

그것은 온전히 삶 속에 스며들어 있는 것.

행복한 사람들은

빼앗지도 빼앗기지도 않는다.

그저 누리고 즐기고 만족할 따름이다.

스쳐
지나며

　이따금씩 글자들이 아픈 날이 있어요. 그럴 때면 시간은 참 날카롭다는 생각을 해요. 빈 방에서 홀로 시간의 발자국을 뒤따르다 우연히 그 끝에 침묵이 있다는 사실을 깨닫고는 이내 뒷걸음질을 쳤더랬죠. 진한 커피 향이 방 안 곳곳의 적막을 밀어내자 문득 첫눈을 기다리던 내가 떠올라 마냥 그리운 표정을 지었습니다.

　예전에 비해 웃음이 줄었다던 어린 말이 못내 아쉬워 전하지도 못할 글자들을 애써 끄적이고 있을 때, 저로서는 그날처럼 우리가 연인이 되고자 했던 것도 아니었고 그렇다고 영화 같은 운명을 상상했던 것도.아니었습니다. 그냥, 그 예쁜 얼굴에 미소가 번졌으면 하고. 다른 뜻은 없이 그것이면 더할 나위 없다고 하여 문득 그런 바람을 가졌던 거겠죠. 강한 모습 그 이면에 있는 어린 당신이 활짝 미소 짓는 날이 다가왔으면 하고.

Au revoir

다시 한번 마주칠 수 있다면 그때는 우리 웃으면서 스쳐 지나요.

온기가
펼쳐지고 나면

가끔 돌아가고 싶지만 돌아갈 수 없는 추억이 차오를 때면 그녀와 자주 머물던 도서관으로 향한다. 그곳에서 마음이 가는 책 속에 편지 하나를 끼워두곤 한다. 누군가에 의해 펼쳐진 책처럼 그 누군가의 마음도 환히 열리길 기대하면서. 나는 허락하고 싶은 것이다. 닫힌 것들이 열렸을 때, 차마 쏟아내지 못했던 감정이 서서히 휘몰아칠 때, 그 격앙된 표현들 사이에서 묵묵히 피어나는 분위기에 사뭇 애달프고 싶은 모양이다. 닫힌 것들, 그 애처로운 의연함 속에 멈춰 있는 세월이 서운할 따름이다.

°가슴이 아파서 이 편지는 보내지 못할 것 같습니다. 이 추억은 모두 당신의 것입니다.

뒤돌아보지 않고 멀어지는 것들은 가차 없이 아름답다. 우리 사이에 놓인 시간이 꼭 그렇다. 매화나무에 꽃이 피고 나면

팽팽하게 당겨진 청춘의 고개 너머로 봄날의 기억이 나풀거린다. 많은 것들이 그렇게 아련해져간다. 각자의 계절 동안 각자의 시간 속에서 짧게 피었다 내려앉는다. 소란한 시절 속의 그리움들, 잊혀지지 않을 것처럼 뿌리를 내리더니 깊어질 만큼 깊어진 다음에서야 홀연히 그리움에 나풀거린다.

그날의 아련했던 추억들이 멀리 타국의 계절을 넘어 내게로 오면 그 소란했던 시절 속에 뜻 모르게 피어난 감정들은 어느새 여기에 있다. 그렇게 많은 것들은 피고 지기를 반복한다. 누군가의 청춘 속에서 사랑했던 한 명의 사람으로 존재하는 일, 좋은 추억으로 가득하지만 그만큼이나 아쉬운 것들로 짙어만 간다. 당신과의 추억을 다시 한번 전하고 싶어서, 그때 미처 전하지 못한 편지를 기어코 닫혀있는 것들 사이에 조심스레 밀어 넣는다. 그리움으로 동여맨 아련한 기억들, 닫힌 것 사이에서 고스란히 익어간다.

° 영화 '러브레터'.

뒤돌아보지 않고 멀어지는 것들은 가차 없이 아름답다.

우리 사이에 놓인 시간이 꼭 그렇다.

타성에
젖다

복잡하기 이를 데 없는 밤, 시계 초침소리, 냉장고 돌아가는 소리, 옆 집 화장실 물 내리는 소리와 창문 너머로 지나는 아무개의 한숨 섞인 발자국 소리. 두루뭉술하기 짝이 없는 의미들로 오늘 하루도 이렇게 저물어간다. 떠들썩한 하루가 지나고 소란하기 짝이 없는 고요 속으로 잦아들 때 나는 무엇 때문에 이리도 바짝 허리띠를 졸라매고 살아가야 하냐며 쓸쓸히 타성에 젖는다. 열정으로 충만한 모습들이 올가미처럼 나를 조여온다. 부정하려 할수록 오히려 더 큰 현실로 돌아오는 실망 섞인 푸념들, 오늘의 나는 지나치게 매너리즘에 빠져 있다. 질서정연한 슬픔들, 차례차례로 나를 울린다. 내면의 목소리가 조금씩 쉬어가고 있다. 갈수록 삶이 어렴풋해진다. 인생이란 참 기묘한 체험이라며 불 꺼진 변방의 마음에서 애처롭게 호소해본다. 달도 보이지 않는 작은 창을 바라보며 소박한 희망 하나만 가지게 해달라고. 소원을 빌었다.

이제야
너무 아프다

    그 사람이 울 때 나는 왜 버럭 화를 냈을까. 술에 취해 내게 전화를 걸었을 때 나는 왜 한숨을 내쉬었을까. 이미 잠들었어야 할 새벽에 문득 메시지로 내가 밉다고 말했을 때 나는 왜 그 말이 안아달란 뜻이었단 걸 몰랐던 걸까. 어째서 그날따라 버스는 기가 막힌 타이밍에 도착하고 나는 그 뒷모습을 하염없이 바라만 봤던 걸까. 더는 화를 내지 않고 술에 취해 전화를 하지 않는 너는 무슨 생각을 하고 있을까. 울리지 않는 새벽의 전화기와 이제는 나를 찾지 않는 너는 또 어떤 의미가 되어 돌아올까.

    뒤늦은 깨달음은 이제 너무 아프다.
    그때 이미 깨달을 수 없다면 차라리 영영 몰랐으면 좋으련만.
    이제야 너무 아프다.

편지

나의 장례식에는 너의 이름으로 된 꽃 한 송이가

조문을 대신해주었으면 해.

다음 생엔 부디, 그만 좀 이별하자고.

Amor Fati

한 권의 책에 대한 원고를 마감하고 나면 나에게 작은 보상 하나는 꼭 해주는 편이다. 대개 그것은 여행이라는 시간이 될 때가 많은데, 특히나 기차나 버스, 비행기 등 이동수단을 타고 어디론가로 향하고 있는 것 그 자체로 마음의 위안을 얻는 경우가 많다. 그곳에서 여행을 떠나는 사람들의 표정, 행동, 대화들을 관찰하고 있으면 내 안에서 묘한 떨림이 느껴지곤 한다. 나는 그 뜻 모를 긴장을 사랑하는 것이다.

지난여름, 지나친 더위 탓에 홧김에 일본에서 가장 춥고 눈이 많이 오는 시골 동네로 떠날 것을 마음먹었다. 지금 생각해도 참 의아한 것은 그때 곧바로 떠나지 않고 기어코 한 겨울이 될 때까지 기다렸다가 떠났다는 점이다. 어차피 한 겨울이라면 한국도 춥기는 마찬가지일 텐데 떠나려면 그때 떠났어야 말이 되는 것이 아닌가. 오늘에 이르러서는 당최 그 뜻을 헤아릴 수가 없다. 아무튼 뜨거운 계절을 지나 짧은 가을을 넘어 어느새 겨울이 왔다. 물론, 나는 그 사이 충동적으로 예매해둔 티켓의 존재를 잊어버렸다. 심지어는 꿈이라고 생각을 했다. 자다가 너무 더워서 새벽에 비행기 티켓을 예매하는 꿈, 개꿈.

문득, 여행을 떠나기 며칠 전에 항공권 안내 문자가 날아왔고 나로서는 어안이 벙벙했다. 그날의 내가 어떤 연유에서 이곳으로 떠나려고 했는지 그 감각마저 희미해질 무렵이었으니까. 때마침 원고들을 주섬주섬 마무리하고 있다가 잊고 있던 여행이 덜컥 내 마음을 사로잡는다. 그러나 내게는 지금 마무리해야 할 일이 있었다. 일상을 벗어난다는 것, 내가 서있던 견고한 중심을 다시 허물고 우연함에 몸을 맡기는 일은 용기가 필요한 일이 아니던가. 나는 초인적 힘을 발휘해 원고를 며칠 앞당겨 마무리했다. 떠나기 위해서. 그러니까 여행을 떠나는 일은 시간의 권한이 아니라 전적으로 용기의 권한인 것이다.

언제나 책 한 권과 배낭 하나면 떠나야 할 이유는 충분하다. 흔들리는 기류에 몸을 맡겨 처음 걸음을 옮긴 타국의 공기는 낯설었다. 코끝으로 찬 바람이 스며들자, 이내 근거 없는 설렘이 내 안에 머물었다. 공항에서 다시 열차를 타고 아사히카와 역으로 향했다. 창가로는 얼어붙은 북해도의 풍경이 파도처럼 일렁이고 있었다. 빠듯한 일정으로 인해 조촐한 편의점 도시락으로 허기를 달래야만 했다. 그마저도 간이 조금 약했지만 뭐 상관없었다. 풍경이 좋으니까. 역에 도착한 뒤로는 여의치 않은 교통 편 탓에 차를 빌려야만 했다. 나는 계속하여 더 작은 시골 마을, 비에이로 향했다. 지나는 모든 풍경이 흰 여백 같았다. 실은 언젠가 사랑했던 사람과 함께 보았던 영화 속 장면이 바로 이곳의 풍경이었기 때문에 나는 문득, 그 하염없는 그리움 속으로 여행을 떠나온 건지도 모른다. 더는 그날의 우리는 존재하지 않지만 함께 바라보던 풍경 속에서 또렷이 그 순간의 우리를 기억하는 내가 서 있었다. 눈 앞으로는 절묘한 백색의 수평선이 펼쳐져 있었다. 뒤를 돌아보니 언젠가 내가 종이 위에 쓴 글자들처럼 뜻 모를 발자국들이 두서없이 현재의 나를 향하고 있었다. 온통 새하얀 눈들로 가득한 이곳에, 나는 연고도 목적도 없이 급히 떠나왔지만 모든 것을 뒤로 한 채 그리움 속으로 멍하니 잦아들고 있는 이 시간은 무엇보다 아름답고 소중하게 느껴졌다.

이와이 슌지의 영화 '러브레터'의 한 장면처럼 나는 시린 그리움 앞에 서 있었다. 끝없이 드리우는 먹먹한 기억 사이로 잘 지내냐고 깊은 파문을 던지고는 이어폰을 꽂고 가장 좋아하는 재즈, Misty를 재생했다. 음악을 들으면서 아끼는 카메라로 잊지 못할 장면들을 가슴에 새기고 노트 위로 스쳐가는 감정들을 급히 적어두었다. 그 순간의 떠오른 인상은 붙잡아 두지 않으면 영영 떠올릴 수 없으니까. 실컷 고독을 즐기고 다시 차에 오르려는 순간, 빙판길에 미끄러져 아주 크게 넘어지고야 말았다. 그래도 괜찮다. 이곳엔 나를 아는 그 누구도 없으니까! 이내 툭툭, 털고 일어나려는 순간 누군가 내게 말을 걸어왔다. 눈이 오는 낯선 장소에서 조금 지나친 추위로 인해 빨갛게 상기된 두 볼과 붉은 입술의 떨림이 내게로 왔다.

—저기, 한국 분이시죠? 괜찮으세요?

나는 조금 놀랐다. 그녀의 한 손에 헤르만 헤세의 소설 '데미안'이 들려 있었기 때문이다. 뭐, 물론 그것 자체가 놀라웠던 것은 아니었다. 내가 기억하는 그 소설의 문장이 한 순간 내 가슴을 관통하였을 뿐. 내게 괜찮냐며 손을 건네는 그 낯선 얼굴에서 어느 날의 나를 보았다. 어쩌면 지금 이 순간이 내가 기다리던 순수함은 아닐는지. 하나의 눈 송이가 내 입술에 닿아 녹아갔다. 혹시 그것은 운명의 전언은 아니었을까. 잠시, 빤히 마주보고 있었더니 쑥스러운 듯 그녀가 웃었다.

°본래 세상에 우연이란 절대로 없는 것입니다. 간절하게 소망한 사람이 무언가를 발견하거나 얻었다면 그것은 우연히 이루어진 게 아니라, 자기 자신이 가져온 필연인 것이지요. 운명은 언젠가는 당신이 꿈꾸고 있는 대로, 고스란히 당신의 것이 될 것입니다.

°헤르만 헤세, '소설 데미안'.

**기억에
안부를 묻다**

당신 잘 지내나요? 저는 그럭저럭 잘 지냈어요. 그 말 하고 싶어서 여기까지 왔어요. 우리가 헤어지고 깊은 고독 속을 헤맬 때 문득, 언젠가 함께 보았던 영화가 생각나서 그냥 넋을 잃고 표를 예매해버린 거 있죠. 지금 여기에는 못내 전하지 못한 이야기들이 흰 눈처럼 소복이 쌓여 있네요. 우리 둘 사이의 시간처럼 깊고 맑아요. 이제는 잘 지냈냐는 물음에 지나간 한 해의 계절들이 다 포함되어 있네요. 벌써 시간이 이렇게나 흘렀나 하는 생각이 들어요. 시간은 늘, 일정하게 흘러왔는데 막상 마지막이 되어보면 언제나 터무니 없이 금방이라는 생각이 드네요. 정말로 잘 지냈어요? 실은 당신을 사랑하는 동안, 세상은 온통 이렇게나 먹먹했어요. 많은 것들은 낯설고 창백했지만 손끝이 닿을 때 우리의 경계가 허물어질 때만큼은 충분히 다정했어요.

이제는 우리 둘 다 그만 이 겨울을 보내주기로 해요. 놓아주기로 해요. 가슴에 품고 앞으로 나아가 보기로 해요. 좋은 사람 만나고 있다고 우연히 소식을 듣게 되었어요. 사진 속에서 다른 사람과 손을 잡고 있는 당신은 참 낯설었지만 그 해맑은 미소에 내 마음은 그냥 녹는 듯했어요. 정말이지 다행스러운 일이에요. 당신이 사랑을 믿지 않게 될까 봐. 너무 아픈 기억에 새로운 사람을 만나지 못할까 봐 너무 걱정이 되었던 거 있죠. 끝내 잊지 못할 고요한 기억들, 여기에서 잘 다독이다 돌아갈게요. 흰 눈처럼 순백의 미소로 언제까지나 아름다운 당신이기를 바랄게요. 당신과 함께한 매 순간 순간이 내게는 무엇과도 바꿀 수 없는 아련한 진심이었어요. 이제 그만 이 겨울을 보내주기로 해요. 지금까지 늘, 고마웠어요. 잘 지내요.

Misty

On my own,

When I wander through this wonderland alone,

Never knowing my right foot from my left My hat

from my glove.

I'm too misty, and too much in love.

Too misty, And too much in love.

귓가에 익숙한 멜로디가 지나고 나면 내가 말하고 싶은 한마디가 흘러나와요. 눈이 마주치면 당신의 여백을 내게 허락해줘요. 온기가 전해지면 나를 읽어 내려가줘요. 나는 재즈는 잘 몰라요. 잘 아는 척하고 싶지도 않아요. 궁금한 건 눈앞에 당신이니까. 순간, 세상이 온통 시가 되는 것 같아요. 이 음악이 끝날 때까지 머릿결을 쓰다듬어줄게요. 정처 없이 나를 이끌어주세요. 나른하고 평온하게 나를 유혹해주세요.

생은 넓고
외로움은 깊다

생은 넓고 외로움은 깊다. 삶은 진하고 소외감은 크다. 샤워기 물을 틀어놓고 비스듬히 몸을 기대고 난 뒤, 일정하지 않은 소리들 틈을 비집고 들어가서 조용히 나를 달랜다. 사랑이, 존재의 이유라는 그 광활한 무게가 나를 삼킨다. 나는 작게 더 작게 부서지지만 결코 사라지지 못해 그리워한다. 다르다는 것, 인간의 감정은 어느 하나 같지 않은 것, 그 조악한 축복 속으로 포개어지며 나는 서글픈 미소를 짓는다. 사랑은 시간의 낭비인가 혹은 극복인가. 많은 밤, 흔들리는 옅은 촛불처럼 외로움에 나부껴야만 했다. 어떤 때는 몹시, 무기력한 바람에 쉬이 꺼질 뻔도 하였지. 이게 다 무슨 소용일까 싶은 날에는 눈을 감고 머릿속으로 삶이 왜 이토록 어려운 일인지 그 까닭을 되묻기도 했다. 그렇다곤 해도 무언가를 정의 내리는 행위는 참 덧없다. 절대로 완전히 이해되는 것은 없으니까. 그것은 끝자락에 맺혀 있거나 옷장 속 호주머니에 잠시 몸을 숨기고 있을 뿐이다. 우리는 잘 알지도 못하면서 너무 많은 것들을 안다고 주장한다. 아직도 서로를 모르듯이, 여전히 내가 나를 모르듯이.

누구에게나
괜찮은 구석
하나쯤은

사랑을 잃고, 일을 놓고, 마냥 언제 끝날지도 모르던 소설 원고에 매달리던 시절, 써지지 않는 글과 당최 나아질 기미가 보이지 않는 현실 속에 주저앉아 멍하니 나를 외면한 적이 있었다. 작아지는 자존감 속에서 방황하던 때, 그 모습을 모른 척 넘어가지 못한 친구 한 명이 내게 물었다.

—네가 사랑했던 사람들은 어떤 사람이었어?

나는 답했다. 그들은 모두 자기다움을 가지고 있었고 순수한 눈빛으로 세상을 바라봤었고 남을 배려할 줄 알았으며 감정을 허투루 낭비하지 않는 현명한 사람들이었다고. 그랬더니 친구가 말하는 것이 아닌가.

—너와 사랑을 나눈 사람이 친절했고, 진실했고, 현명한 사람이었다면 모르긴 몰라도 실은 너도 꽤나 괜찮은 사람인 거

야. 너에게도 괜찮은 구석 하나쯤은 있는 거야.

　나는 대답 대신 멋쩍은 웃음을 지을 뿐이었다. 이내 집으로 돌아와 서랍 속의 오래된 편지들을 하나둘 펼쳐보았다. 그 작고 얇은 종이 속에 담긴 잊을 수 없는 추억들은 여전히 번지지 않고 고스란히 그 자리에 있었다. 이런 나를 사랑한다고, 이런 내게 고맙다고, 이런 나이기에 행복하다고 속삭이면서.

　누군가와 진심으로 사랑하고 이별하는 일, 그 모든 과정에서는 무엇 하나 소중하지 않은 것이 없다. 심지어는 희미해져 가는 추억마저 찬란하다. 그 사람은 그 사람이기에 고맙고 나는 나이기에 행복한 일. 사랑으로 비롯된 모든 행위들은 옳고 그름의 잣대로 판단할 문제는 아니다. 현실과 육체, 심지어는 시간마저 초월하는 유일한 경험은 오직 사랑이 전부다.

　진실로 사랑을 경험했다면, 나는 그리고 당신은 꽤나 좋은 사람임이 분명하다.

시절
인연

언젠가는 그 사람이 크나큰 후회로 느껴지는 날이 올지도 모르지. 존재 자체로 그 허무가, 결코 아물 수 없는 상처처럼 쓰라리기도 하겠지. 아마도 평생을 궁금해할 거야. 그때 그 표정은 어떤 의미였을까. 나로서는 그것이 살아가는 모든 터무니없는 맥락 중에서도 가장 목마른 고찰이 되겠지.

그럼에도 시절인연 모든 것에게는 알맞은 때가 있다고. 그러니까 당신과 내가 스쳐 지날 수밖에 없었던 것이 가여운 우리의 운명이라면, 언젠가는 그것이 무르익을 때 원하든 원하지 않든 다시 한번 마주치지 않겠냐고. 그때는 부디, 우리가 서로에게 조금 더 솔직해질 수 있지는 않을까. 만날 수밖에 없는 사이라면 그래야만 할 테지. 비록 스치고 지나쳐도 당신은 여전히 내게 소중한 사람. 아름다운 시절인연.

당신은 여전히 내게 소중한 사람

아름다운 시절인연

서서히 서서히
그러나 반드시
———

초판 1쇄 발행 2017년 1월 13일
초판 10쇄 발행 2023년 10월 15일

지은이 김민준

편집인 한나
디자인 이홍
인쇄·제본 데이터링크
펴낸이 남기성
펴낸곳 도서출판 쿵(프로젝트A)
출판사등록 신고번호 제 2016-000310호
주소 서울 특별시 마포구 월드컵북로 400 2층20호P-2
대표전화 (070) 7555-9653
이메일 sung0278@naver.com
ISBN 979-11-959495-2-6 03810